소녀를 아는 사람들

소녀를 아는 사람들

정서영
장편소설

팩토리나인

목차

남학생 엄마의 이야기

"일주일 전 발생한 고등학생 납치 사건으로 전국이 떠들썩한 가운데….”

"하늘에 계신 우리 아버지여, 이름이 거룩히 여김을 받으시오며 나라에 임하시오며 뜻이 하늘에서 이루어진 것같이 땅에서도….”

여자의 눈은 이제 막 시작된 뉴스에 꽂혀 있었다. 입에서는 간절한 기도문이 흘러나왔다. 누군가가 작은 단서라도 제보해주기를 바라는 마음으로 방송 내내 십자가를 꼭 쥐고 있어서인지 차가운 손이 땀으로 미끈거렸다.

고등학생인 아들이 기숙사 사감에게 납치를 당한 지 일주일

째다.

충동적이기 쉬운 나이대의 남학생과 예쁘장한 여사감이 함께 사라지자 사람들은 여자의 눈치를 보며 납치가 맞긴 한 거냐며 작게 숙덕댔다. 그러나 여자는 확신할 수 있었다. 아들은 조용하고 유순하며 공부도 곧잘 해서 자신과 남편을 실망시킨 적이 단 한 번도 없었다.

TV에는 아들과 사감의 얼굴이 각자의 이름과 함께 나오고 있었다. 앵커는 공개수사가 진행 중이며 시민들의 제보를 부탁한다고 했다. 여자는 오목조목한 사감의 얼굴과 그 아래 적힌 '강슬지'라는 이름을 보면서 더 빨리 기도문을 외웠다. 제발 이 방송으로 아들을 찾을 수 있기를 바라며 간절히 두 손을 모았다.

여러 사람들의 이야기

'고등학생 납치 사건'이 처음 보도된 후 전국이 들썩였다. 동영상 플랫폼에서는 각종 의혹들을 제 입맛대로 해석한 영상들이 하루가 멀다 하고 올라왔고, 이와 별반 다르지 않은 추측성 기사들도 연일 쏟아졌다.

하지만 어떻게 된 일인지 방송국이나 경찰서로 쓸 만한 제보는 들어오지 않았다. 납치된 고등학생이 평범한 학생이고, 납치한 사감은 우발적으로 저지른 범행이어서 딱히 제보할 만한 수상한 점이 없었을 수도 있다. 하지만 그게 진실은 아니었다.

TV 화면 속 강슬지라는 이름과 수수하게 예쁜 얼굴을 보고 전화기를 들었다 내려놓는 사람들이 있었다. 그들은 그녀와 다시는 엮이고 싶지 않았고, 용기를 내 말을 꺼내려다가도 예전의 공포가 떠올라 차마 그러지 못했다. 그렇게 그녀를 아는 이들은 귀를 막고 입을 닫고 말았다.

이 이야기는 전화기를 내려놓고 입을 닫을 수밖에 없었던 사람들의 이야기다.

산등성이 이야기

날씨가 꽤 쌀쌀해 나는 인문대 올라가는 오르막길에 옷깃을 여몄다. 나는 수업에 늦어 점심도 못 챙겨 먹은 채 교재를 챙겨 바삐 강의실로 걸음을 옮기는 중이었다. 이번 수업은 '문학 창작의 기본'이라는 전공 필수 강의였다.

다행히 아직 교수님은 오지 않았는지 동기들이 남녀 할 것 없이 모여 앉아 수다를 떨며 장난을 치고 있었다. 나는 대수롭지 않은 말에도 실실 웃으며 재잘거리는 동기들이 바보 같다고 생각하면서 누가 말을 걸어도 딱히 상대하지 않고 예쁘게 네일 아트 된 내 손톱만 보고 있었다.

잠시 후 교수님이 들어오더니 화이트보드를 쾅쾅 치며 말했다.

"자, 수업 전에 과제 먼저 알려준다. 다음 주 목요일까지 단편 분량으로 글 하나 써 오는 거야. 할 수 있지?"

"아니요."

"자네는 써 오지 않는 걸로 알고 있겠어."

"아, 아닙니다. 교수님! 최선을 다해 써 오겠습니다!"

앞에 앉은 남자 동기와 교수님의 대화에 교실에는 가벼운 웃음이 일었다. 이제는 어엿한 대학생인데도 불구하고 아직도 고등학생처럼 교수님에게 이런 장난이나 치다니…. 나는 그 동기가 한심해져서 미간을 찌푸렸다. 그런 유치한 동기들과 나는 다르다는 마음으로 등을 쭉 펴고 교수님 말에 집중했다.

"과제 주제는 옛 친구니까 학창시절 친구에 대해 써 오면 된다."

갑자기 옛 친구를 주제로 글을 쓰라는 교수님의 말에 황당했다. 친구는 가끔 만나서 서로 뒤쳐지지 않고 있느냐를 비교하고, 안도하기 위한 기준 아닌가? 한숨이 절로 나왔지만 3점대에 간당간당 걸쳐 있는 학점이라도 유지해야 하니 어쩔 수 없었다. 잠시 휴대폰을 꺼내 들고 주소록을 뒤졌지만 마땅히 연락할 만한 옛 친구가 없다는 걸 깨닫자 다시 한번 한숨이 나왔다.

우선 과제는 이따가 걱정하고 수업에 집중할 필요가 있었다. '문학 창작의 기본' 수업은 합평 수업으로, 오늘은 내기 첫 빈

째 순서로 나가 앞에 서야 했다. 소규모 수업이기에 앞에 나온 학생의 글에 앉아 있는 학생들이 한마디씩 코멘트 하는 식으로 진행됐다. 워낙 심혈을 기울여 쓴 글이라 나는 내 글에 자신이 있었다. 교탁 앞에서 합평 받을 준비를 마치자 어떤 남자 동기가 손을 들고 입을 열었다.

"근데 이게 무슨 글이에요?"

순간 나는 무슨 의미인지 몰라 눈만 동그랗게 뜨고 그 남학생을 봤다. 남학생이 어이없다는 듯이 말을 이었다.

"아니, 이게 문학이 맞아요? 진심이 하나도 안 담겨 있잖아요."

"어딜 봐서 진심이 안 담겨 있다는 건데요?"

따지듯이 던진 내 말에도 그는 굳은 신념이라도 지키듯이 자기 할 말을 줄줄 이어서 했다.

"딱 읽어보면 티가 나지 않아요? 글이라는 건 인물의 뼛속까지 파고 들어가서 감정선이라든가 행동의 당위성이라든가 그런 걸 구축해 내야 되는 건데 너무 인물도 평면적이고…. 그냥 다 떠나서 진심이 안 담겨 있다고밖에 말할 수 없어요. 더 말할 것도 없이 저는 여기서 합평을 그만하겠습니다."

어이없는 그 학생의 말이 끝나자 다른 여학생이 손을 들고 말했다.

"저도 동의합니다. 글에 진심으로 고민한 흔적이 없어요. 진심이 없으면 받아들이는 사람도 그걸 느낄 수밖에 없잖아요."

나는 테러 수준의 합평에 억울해져서 교수님을 보고 SOS 사인을 보냈다. 교수님이 내 간절한 눈빛을 알아챘는지 입을 열었다.

"나도 주주 학생 글 읽어보니까 문제점이 보이기는 하더라고. 이게 왜 이런 거냐 하면, 인물 설정이 제대로 안 되어 있고 경험을 잘 녹여내지 못해서 그래. 머릿속으로만 계산한 인물과 갈등은 티가 나기 마련이야. 주주 학생, 신입생이기는 하지만 항상 이런 식으로 글을 썼지? 다음부터는 직접 겪은 인물과 경험을 녹여내 봐. 살아 있는 글이 될 거야."

교수님마저 내 글에 진심이 없다고 하니까 할 말이 없었다. 수업이 끝나고 난 후, 카페에 앉아 끓어오르는 분노를 애써 진정시켰다. 솔직히 다 같은 학부생들인데 자기네들이 뭘 안다고 감히 내 글을 함부로 깎아내리는 건지 알 수 없었다. 내 글에 진심이 없다고 말하던 교수님마저 전문성이 의심될 지경이었다. 아무튼 다음 과제 때는 이런 말을 듣지 않아야 했다.

거기까지 생각이 닿자 다음 과제 주제가 옛 친구라는 것이 기억나서 나는 지끈거리는 머리를 감싸 쥐었다. 하는 수 없이 오래된 메일을 뒤졌다.

주! 안녕 나 슬지야. 우리 중학생 때 같은 반이었잖아. 기억나?

갑자기 메일 보내서 놀랐겠다. 가끔씩 보고 싶고 생각나서 용기

내어 메일 보내봤어.

네가 서울로 이사 간 이후로 못 본 지 오래됐잖아.

시간 나면 시골에 한번 놀러 와. 여기도 많이 변했어. 내 번호는

010-XXXX-XXXX야.

한 달 전에 받고 무시한 짧은 메일이었다. 메일을 보고 있으니 연락 오는 옛 친구가 강슬지뿐이라는 생각에 짜증을 넘어 심란함까지 느껴졌다.

슬지가 오라며 초대한 시골에는 내가 중학생 시절 살았던 할아버지 집이 폐가로 남아 있었다. 내가 중학교 1학년부터 3학년까지 3년여 동안 아빠를 제외한 우리 가족은 시골 할아버지 집에 얹혀 지내야 했었다. 그 당시 아빠 사업이 망해서 집을 팔고 시골로 내려갈 수밖에 없었다.

같은 반이었던 슬지는 그곳에서 나고 자란 아이였다. 피부가 까무잡잡한 게, 시골에서 자란 티가 났다. 슬지네 엄마는 어릴 적부터 없었고, 아빠는 건설 현장에서 일하는데 집을 비우는 날이 많아 할머니와 단둘이 살다시피 했던 게 기억났다.

'가야 하나, 말아야 하나.'

귀찮기도 하고 슬지와의 과거가 떠올라 고민했지만 글에 진심이 안 담겨 있다는 피드백을 생각하자 이번 과제는 머리로 대충 꾸며 쓰는 정도론 안 될 것 같아 한번 내려가 보기로 결정하고 약속을 잡았다.

슬지를 만나는 건 중학교를 졸업한 뒤 처음이었기에 내려가는 길 고속버스에서 왠지 모를 불안감이 계속 들었다. 예전의 기억이 떠올라서일까, 오랜만에 슬지를 만나서일까. 괜한 긴장감에 버스를 타고 내려가는 내내 신나는 노래를 골라 들었다. 그 때문에 터미널에 도착했을 때는 배터리가 절반밖에 안 남아 있었다.

시골 고속터미널에 내리자마자 마중 나와 반갑게 인사하는 슬지가 보였다.

"주, 오랜만이다!"

"으응."

환한 웃음으로 나를 맞아주는 슬지의 모습에 떨떠름했다. 과연 내가 알고 있던 슬지가 맞는지 의심될 정도였다. 밋밋했던 이목구비는 수수하게 예뻐졌고 촌스럽게 까무잡잡했던 피부 또한 매끄럽고 건강해 보여 전체저인 인상이 훨씬 매력직으로 변해 있었다.

'그래 봐야 뭐 시골 촌뜨기일 뿐이지.'

애써 그런 생각을 하며 슬지와 함께 거리를 걸었다.

"기억나? 우리 예전에 저기서…."

슬지는 시종일관 생글생글 웃으며 들떠 있었다. 슬지가 여기선 무얼 했으며, 저기선 무얼 했다는 둥 재잘재잘 떠들어댔지만 나는 통 기억나질 않았고 딱히 기억해내고 싶지도 않았다.

우리는 우선 밥을 먹기로 했는데 슬지는 자랑이라도 되는 듯 자기네 읍내에도 파스타집이 생겼다며 데려갔다. 도시에선 구석에나 조그맣게 있을 것 같은, 촌스러운 인테리어에 맛도 그저 그런 곳이었다. 겨우 이런 게 이 시골 여자애의 자랑이라는 게 너무도 웃겼다.

더 웃긴 건 영화관이었다. 영화관은 기억 속에 있던 그대로였다. 상영관은 겨우 세 개였고, 이곳을 떠나 있는 동안 달라진 거라곤 촌스러웠던 이름이 대형 프랜차이즈 영화관 이름으로 바뀌어 간판을 새로 단 것뿐이었다. 아마 슬지는 4D 영화나 아이맥스 같은 건 듣도 보도 못했을 거라고 생각하니 묘한 승리감이 들었다.

기분 탓인지 화질도, 음질도 별로인 영화를 다 보고 나와 우리는 카페에 자리를 잡았다.

"주야, 너는 대학교 다녀서 좋겠다."

"너도 대학 가지 그랬어."

"나는 돈 벌어야 갈 수 있어. 등록금이랑 학비 때문에. 그래서 지금은 마트 알바 중이야."

슬지와 있을수록 오랜만에 느껴보는 우월감과 희열에 뿌듯했다. 모두가 잘난 서울에서는 느껴보지 못한 기분이었다. 동기 중 누구는 이번 겨울방학 때 자기 아빠 회사에서 인턴을 한다고 했다. 다른 동기는 해외로 어학연수를 간다고 했다. 그 틈에서 아무 말도 못했던 나는 지금 슬지 앞에서 은유라는 말 대신 메타포라는 단어로 아까 봤던 영화의 숨겨진 의미를 해석해 가며 지식을 뽐내고 있었다. 슬지가 감탄하며 말했다.

"멋있다 주야, 서울에서 살더니 더 멋져진 것 같아. 나도 나중에 서울 가면 서울 구경시켜 줄 거야?"

"당연하지."

"정말?"

슬지의 눈이 반짝 빛났다. 여전히 단순하고 멍청한 슬지를 두고 나는 미소 지으며 말했다.

"너 나 못 믿어?"

당연히 거짓말이었다. 과제는 '순박한 시골 친구'를 주제로, 파스타집을 자랑스러워하며 시종 나를 반가워했던 슬지를 글로

옮겨서 낼 생각이었다. 이런 애는 흔치 않으니까 중간은 갈 것이다. 과제 때문에 만난 것이니 오늘 이후로는 볼 일도 없었다.

혼자 그런 생각을 하다가 이야깃거리나 더 찾자 싶어 질문을 던졌다.

"남자 친구는 있어?"

"응. 너도 아는 애야. 박현재. 만난 지 1년 됐어."

슬지의 말에 나는 멈칫할 수밖에 없었다. 박현재도 중학교 동창이었다. 오랜만에 그 이름을 듣자 여러 장면들이 머릿속을 스쳐 지나갔다. 수련회 진실 게임에서 1년간 현재를 짝사랑해 왔다고 밝힌 슬지. 그 고백을 듣자 현재에게 관심이 생겼던 나. 그 후로 현재가 반 애들 앞에서 큰 곰돌이 인형을 주면서 나에게 고백하기까지는 며칠 걸리지 않았다. 물론 재미는 있었지만 애초 내 취향이 아니어서 금방 싫증이 났다. 난 몇 개월 사귀며 선물을 잔뜩 받은 뒤 보기 좋게 차버렸다.

여기까지 생각이 미치자 밀려드는 민망함에 괜히 툴툴거렸다.

"다른 지역 사람 좀 만나보지? 하긴 생활 반경이 이래서야 여기 사람밖에 못 만나겠다."

슬지는 아무 말 없이 미소 지었다. 괜히 기분이 나빠져 심술이 일어서 다시 서울로 올라가면 박현재한테 한번 연락을 해 볼까 싶었다. 생각난 김에 바로 SNS 검색창에 박현재라고 치고 조금 찾다 보니까 연결된 다른 친구들을 통해서 계정이 나왔다. 그때 슬지가 내 휴대폰 화면을 빤히 들여다보고 있다는 것을 깨달았다. 나는 순간 당황해서 휴대폰을 한쪽으로 치우며 전혀 상관없는 말로 입을 열었다.

"나 휴대폰 배터리 10퍼센트밖에 안 남았는데⋯, 여기 충전할 데 없나?"

슬지가 대답 없이 생각에 잠겨 있었다. 괜히 불안해진 나는 무슨 생각을 하냐고 추궁했다. 슬지는 별거 아니라고 하더니 곧 조용히 입을 열었다.

"주야, 나는 네가 정말 많이 보고 싶었어. 너는 내가 안 보고 싶었어? 많은 일이 있었지만⋯ 너는 나에게 잊을 수 없는 사람이야."

갑작스레 진지해진 슬지의 태도에 조금 당황스러웠다. 왜인지는 몰라도 지금 슬지는 내게 자신의 속마음을 보여주고 있었다. 마치 오래 간직했던 진심을 전하는 듯한 모습에 묘해진 분위기가 우스우면서도 흥미로워서 나는 새어 나오는 비웃음을 숨기지 않고 장단을 맞췄다.

"나에게도 가장 잊지 못할 친구는 너지. 내가 어떻게 널 잊을 수 있겠어? 가장 소중한 친구였는데."

내가 킥킥거리면서 대답하자 슬지가 가만히 나를 쳐다봤다.

22

이내 슬지는 고개를 돌려 허공을 보다가 문득 생각난 듯이 말했다.

"주야, 우리 노을 보러 산에 갈래? 나만 아는 장소가 있어."

갑작스러운 제안이었지만 흔쾌히 그러겠노라 했다. 파스타 먹고 영화 본 것만으로는 글을 쓰기에 뭔가 부족했다. 산골 소녀와 집 옆의 산등성이. 내가 정한 글 주제에 딱 어울리는 소재였다.

슬지와 난 시내에서 마을버스를 타고 어릴 적 살던 동네로 왔다. 이제는 폐가로 남아 있는 할아버지 집에서 골목으로 들어가자 슬지의 집이 나왔다. 아직도 이런 시골에 사는구나 싶어서 슬쩍 웃음이 새어 나왔다.

슬지의 집을 지나쳐 조금 더 들어가면 산 입구였다. 동네 뒷산 치고 산세가 가파르고 험한 편이라 이곳에 살던 때도 거의 온 적이 없었다. 슬지는 지금도 자주 오는지 어렵지 않게 척척 올라갔지만, 나에겐 역시 무리였다. 헉헉거리며 중간쯤 오르자 슬지가 산속을 헤치고 등산로가 아닌 깊은 곳으로 들어가기 시작했다. 힘들어하는 내 손을 잡아주며 '가장 예쁜 노을을 볼 수 있는 비밀 장소'로 가는 지름길이라고 했다. 괜히 왔다는 생각을 떨칠 수 없었지만 이왕 여기까지 온 김에 SNS 업로드용 사진이라도 찍어야지 하는 생각으로 뒤따라갔다. 한참을 더 걸어 정상에 올랐을까, 빽빽한 나무들 사이로 절벽이 보였다. 전망이 탁 트인 절벽 너머 넘실거리는 노을이 펼쳐졌다. 슬지가 뒤돌아 나를 향해 뿌듯한 표정을 지어 보였다.

절벽에 앉아 잠시 숨을 돌리고 노을을 배경으로 셀카를 여러 장 찍었다. SNS에 올리면 좋아요와 댓글을 꽤 받을 수 있을 만한 풍경이었다. 물론 사진 속엔 나 혼자였다. 슬지와 함께 찍을 생각은 전혀 없었고, 슬지 역시 나를 바라만 볼 뿐 딱히 서운해하진 않는 듯했다.

'제깟 게 서운해 봤자 뭘 어쩌겠어?'

열심히 찍다 보니까 배터리가 다 닳았는지 화면이 꺼졌다. 이따가 고속터미널 편의점에서 충전기를 사다가 충전해야겠다는 생각이 들었다. 휴대폰 배터리가 다 닳아서 화면이 꺼졌다고 말하자 슬지에게서 이제 자기랑 대화를 나누자는 대답이 돌아왔다. 글 소재를 모으려면 대화를 더 나누기는 해야 했다. 슬지는 대학생이 된 내가 멋있어 보여 부럽고, 그간 많이 보고 싶었다며 아까 했던 말을 반복했다. 계속 들으니 부담스러운 한편으로 의아하다는 생각이 들었다. 왜 보고 싶었냐고 되묻자 "너라면 정말 잘 살 것 같아서"라는 말이 돌아왔다. 무슨 뜻이냐고 물으니 한참을 뜸 들이다 말했다.

"나 중학생 때, 왕따 당할 때 항상 구해주던 게 너였잖아. 네가 나를 유일하게 챙겨줬잖아."

결단코 사실이 아니었다. 주동자가 난데 미쳤다고 따돌림 당하는 애를 구했을까? 얼마 없는 시골 여자애들 사이에서 나는 교실의 여왕이었고 그 자리를 지키기 위해서는 공공의 적이 될 희생양이 필요했다. 시골 여자애들한테 내 말을 듣지 않으면 밀려날 자리가 어떤 건지 눈앞에서 보여줄 수 있는 애, 바로 강슬지였다.

이제 와 나를 탓하려는 건가 싶어 다시 물었다.

"너 진짜 나 왜 보고 싶었어? 너 괴롭히고 얼마나 잘 사는지 보고 싶었던 거 아니야?"

"아니야, 네가 언제 나를 괴롭혔어?"

슬지가 놀라며 손사래를 쳤다.

'만약 그렇게 느꼈다 한들 대놓고 말하지 못하겠지.'

슬지는 여전히 내 앞에서 꼼짝 못하고 있었다. 그 모습을 보자 자신감이 차올랐다. 슬지가 과거 일로 나를 책망한다 해도 얼마든지 응수할 자신이 생겼다. 괴롭혔던 거야 제가 먼저 아니라고 했고, 지금 박현재는 자신과 만난다며 조금이라도 으스댄다면 '내가 버린 애 주워 간 거'라고 받아넘길 생각이었다.

승부욕이 생겨 서운한 일이 있으면 어서 말해보라고 재촉했다. 슬지는 계속 없다고 말하더니 주저하며 말을 꺼냈다.

"너 나 산에 두고 혼자 간 적 있었어. 난 너한테 무슨 일이 생긴 줄 알고 계속 찾아 다녔거든. 그러다 길 잃어서 늦은 밤에 할머니가 발견할 때까지 산속에서 울면서 헤맸어. 넌 기억 안 날 거야."

어렴풋이 기억난다. 무슨 일 때문이었는지 기억은 나지 않지만 둘이서 산길을 오를 때였다. 뒤따라가는 척하면서 큰 돌 뒤에 숨자 한참을 앞서가던 슬지가 뒤돌아봤다. 그리고 내가 있는 쪽으로 내 이름을 부르며 다가오기 시작했다. 내가 흙바닥에 있는 돌멩이를 집어 저 멀리 던지자 돌멩이가 나무에 맞고 툭 떨어지는 소리가 들렸다.

"주니? 주 맞아?"

슬지는 낙엽을 헤치고 소리 난 쪽으로 깊숙이 걸어 들어갔다. 혼자 킥킥거리다 슬지가 저 멀리 사라지자 재미없어져서 산길을 따라 집으로 터덜터덜 돌아갔었다. 별일 아닌 일이었다. 그 많은 괴롭힘 중에서 왜 그게 서운했다는 건지 이해가 안 갔다.

"그게 왜 서운했어? 너도 나를 좀 찾다가 집에 가면 되잖아."

"너한테 무슨 일이 생기면 난 학교생활 어떻게 해."

"잘하면 되지."

"그땐 무서워서…."

뭐가 무서웠다는 건지 알 수 없었다. 어두워진 산속에서 길을 잃은 게 무서웠다는 건가 아니면 나한테 무슨 일이 생기면 학교생활이 힘들어질까 봐 무서웠다는 말인가. 그러면서 보고 싶다고 메일을 보낸 건 무슨 저의인지 궁금했다.

대화하다가 자꾸 화제를 돌려야 하는 상황이 조금씩 불편해지려고 했지만 밀려드는 민망함에 나는 또다시 관심도 없는 쪽으로 화제를 돌렸다.

"할머니는 잘 계셔?"

"돌아가셨어. 그날 나 할머니한테 되게 많이 맞았다? 그때는 맞아서 속상했는데 지금은 음… 할머니가 어떤 마음으로 그 한밤중에 산으로 들로 나를 찾아 헤맸을까 생각하니까 마음이 조금."

저녁 늦게까지 손녀가 집에 오지 않자 오매불망 기다리다가 산으로 들로 허둥지둥 손녀 이름을 부르며 다녔을 슬지네 할머니가 상상되자 할 말이 없었다. 정적이 일자 어색해진 분위기를 깨려는 듯 이번에는 슬지가 말을 돌렸다.

"여기서 폭죽 터트리면 정말 예쁜데, 해볼래? 시끄러울 걱정은 안 해도 돼. 여기 산이라서 동네에는 안 들려."

"무슨 불꽃놀이야. 그냥 내려가자."

"아니야. 여기 있어. 내가 슈퍼에 금방 갔다가 올게."

슬지가 일어나려는 내 어깨를 눌렀다. 꽤 힘줘서 누르는 바람에 그대로 앉을 수밖에 없었다. 슬지는 순식간에 산길을 따라 내려갔다.

혼자 앉아서 노을을 보고 생각에 잠겼다. 갑자기 슬지를 만난 것도, 옛날 동네에 온 것도 꿈같았다. 두껍게 입었는데도 늦은 저녁은 꽤 추웠다. 기다리다 보니 노을은 다 지고 땅거미가 빠르게 내려앉기 시작했다. 슬지 말대로 깜깜한 저녁 하늘에 쏘아 올리는 불꽃도 정말 예쁠 것 같았다. 다만 배터리가 없어서 불꽃놀이는 슬지 휴대폰으로 찍어서 전해 받아야 했다.

그런데 아까부터 슬지가 나를 보고 싶었다고 말하던 모습이 찝찝하게 기억에 박혀서 떨어지지 않았다. 사실 나는 메일을 받기 전까지 슬지의 존재도 잊고 살았다. 슬지는 그냥 나에게 아무 존재도 아니었다. 오랜만에 만났으면서 내가 슬지를 무시할 수 있었던 건 과거에도 그렇게 멸시하고 괴롭혔기 때문이다. 내가 뭐라고 해도 웃으며 눈치만 보는 모습이 예전과 다를 바 없어서 외모 말곤 변한 게 없구나 싶어 좀 웃기기도 했다. 킥킥거리다가 땅거미 진 하늘을 보며 멍하니 생각에 잠겼다.

그 순간 갑자기 떠오른 생각에 급하게 숨을 몰아쉴 수밖에 없었다. 아까부터 따라다니던 불쾌감이 무엇 때문인지 알아차렸기 때문이다. 터미널에서 만난 후로 뭐가 그리 즐거운지 입꼬리를 올려 줄곧 생글거리던 슬지의 미소. 그 미소를 떠올리자 며칠 전 수업 시간에 누군가 했던 말이 귓가에 들리는 듯했다.

"진심이 없으면 받아들이는 사람도 그걸 느낄 수밖에 없잖아요."

옛날에 내가 한 짓들이 절대 우정에서 비롯된 게 아닌 걸 알 텐데도 오늘 하루 종일 생글거렸던 슬지의 미소가 뭘 뜻하는지, 속으로 나를 어떻게 생각하고 있을지 알아차리자마자 황급히 주위를 둘러봤다.

내가 처한 상황이 눈에 들어왔다. 주위는 깜깜해졌고 산은 가팔랐다. 등산로에서 벗어난 지 오래라 길이 어디 있는지, 어디로 가야 하는지도 몰랐다. 밤이 깊으면 온도가 더 내려갈 텐데, 그렇다고 혼자 내려갈 엄두가 나지 않았다. 남은 방법은 슬지를 기다리는 것밖에 없었다. 그제야 산속에 혼자 남았을 때 무서웠다는 슬지의 말을 이해할 것 같았다. 나를 버린 걸지도 모르는 친구에게 기댈 수밖에 없었던 이유가 무엇인지도.

하늘은 빠르게 어두워졌고 곧 한 치 앞도 보이지 않았다.

부엌칼
이야기

고등학교를 졸업한 후, 반년간 집에서 마냥 놀던 나는 이대로 시간을 흘려보내서는 안 되겠다는 생각에 내 생에 처음으로 아르바이트라는 것을 시작했다. 우리 집 사정이 그리 넉넉하지는 않아 부모님께 생활비를 조금이라도 보태드리고 싶었던 것도 하나의 이유였다. 스무 살 가을에 구한 내 생애 첫 아르바이트는 물류 센터에서 장난감을 포장하는 일이었다.

　그렇게 시작된 내 일상은 특별할 것 없이 반복적이고 단순했다. 아침마다 읍내 사거리에 있는 인력 사무소에 들러 인원 체크를 한 다음 바로 앞에 주차되어 있는 스타렉스를 타면 물류 센터에 금방 도착했다. 차는 도로를 30분 정도 달려 컨테이

너 박스가 늘어선 물류 센터에 싣고 온 사람들을 모두 내려주었다. 차에서 내려 물류 센터에 들어가 10분 정도 쉬다가 근무 시간이 되면 장난감을 포장했다. 업무 시간이 끝나면 다시 스타렉스가 읍내 사거리에 데려다줬다. 그렇게 집에 도착하면 하루가 끝나 있었다. 비록 최저시급이라고 하더라도 매일 착실히 나가서 일해 번 돈은 부모님께 생활비를 보태드리고도 남았고, 남은 돈은 이제 막 어른이 된 내가 용돈으로 쓰기에 충분했다.

꽃망울이 터지듯 세상을 향해 처음 얼굴을 내민 스무 살은 할 일이 많았다. 나는 주말마다 저녁에 친구들을 만나 골목길 술집에서 내가 직접 번 돈으로 치즈 곱창에 소주를 먹으며 깔깔거렸다. 지하상가에서 처음으로 미니스커트도 사 입었고, 거기에 구두까지 신고 읍내 사거리를 모델처럼 또각또각 걸어 다녔다. 사고 싶었던 신상 화장품도 턱턱 사서 톡톡 두들겨보고, 스티커 사진을 찍는 곳에서 보정 효과가 잔뜩 들어간 우정 사진도 찍어보았다. 고속버스를 타고 서울로 놀러 가서 SNS로만 봤던 유명한 맛집도 찾아가 보고 거기서 타코라는 멕시코 음식도 처음으로 먹어봤다. 타코를 먹고 나와서 높은 빌딩들이 늘어선 서울 거리를 두리번거리며 걸어 다니다가 액세서리 가게에 들어가 친구들이랑 우정 팔찌를 맞춰서 나눠 끼기도 했다.

물론 가끔은 소주잔을 기울이다가 대학에 진학한 친구들이

MT 이야기나 대학 동아리 이야기를 재잘거릴 때는 마음 한구석이 횅해지기도 했다. 우리 집 사정상 나에게 대학은 다니기 어려운 곳이었고 나는 그걸 너무 잘 알고 있었다. 때문에 친구들이 대학 이야기를 할 때마다 나는 내가 공부를 못해서 못 갔다는 말로 얼버무렸다. 어느 날은 고등학생 때 나와 성적이 비슷했던 한 친구가 인원 미달 대학교도 많은데 내가 고졸로 만족하는 게 아깝다고 말했다. 차마 우리 집 사정을 말할 수 없어 하하 웃음으로 속상한 마음을 가리고 소주잔을 들어 '짠!'을 청할 수밖에 없었다. 그래도 나는 나만의 생활이 있었고 직접 돈을 벌어 이것저것 경험해 본다는 게 마냥 신나 청춘이라는 그 자체로 반짝였던 것 같다.

그날도 아침부터 스타렉스를 타고 출근하고 있었다. 창밖의 가을 날씨는 쾌청했고 도로 양옆에는 잘 익은 벼들이 황금빛 물결을 치고 있었다. 이 결실도 그간의 과정이 있어서 존재하는 거라는 생각이 들었다. 최근 들어 자주 생각나는 이 익숙한 속담이 맞아떨어지는 풍경이었다. '뿌린 대로 거두리라.'

차는 달려 물류 센터에 도착했고 항상 하는 일은 단순 노동이었기에 특별히 어려운 건 없었다. 같이 일하는 체리 언니의 히스테리만 뺀다면 말이다. 오늘도 업무가 끝나기까지 15분이 남았을 무렵, 맞은편에서 포장하고 있던 체리 언니가 장난감을 내 작업대에 툭 던졌다. 내가 방금 언니 작업대로 밀어놓은 장난감이었다. 체리 언니를 당황스럽게 보자 언니가 뭘 보냐는 듯 뾰족한 말투로 쏘아붙였다.

"야, 이거 왜 내 작업대에 두는데?"

"하나 남았는데 박스가 없어서요."

"하나 남았으면 박스 갖고 와서 넣으면 되지, 이걸 왜 나한테 넘겨?"

"언니는 박스가 남으실 것 같아서 그랬어요."

"다른 사람한테 일거리 넘길 생각 말고 네가 알아서 해."

짜증을 담은 체리 언니의 말투에 마음이 쿡쿡 쑤셨지만 애써 아무렇지 않게 감정을 가다듬고 대답했다.

"네, 알겠습니다."

"죄송하다는 말은 왜 안 해?"

"죄송합니다."

"그리고 속도 왜 이렇게 느려? 너 일머리 되게 없어, 알지?"

"죄송합니다."

"잘 좀 하자."

주위를 둘러보니까 역시나 사람들 손이 갑자기 빨라지면서 속도가 나고 있었다. 물론 이번엔 내가 잘못한 것도 있지만, 그렇지 않을 때도 난 자주 혼이 났다. 체리 언니가 날 혼내는 이유는 일할 분위기를 잡기 위해서였다. 새로 온 신입을 혼내면 내일부터 안 나오니까 계속 열심히 하는 나를 습관처럼 혼내는 거였고 그래야 신입 아르바이트생들까지 군기가 잡힌다는 논리였다. 그래도 15분 남기고 이럴 필요까지 있을까 싶을 정도로 오늘은 너무 심하다는 생각이 들었다.

체리 언니는 물류 센터에서 인정 받는 대장 언니였다. 물류 센터 포장 아르바이트는 원래 몇 달 바짝 일하고 빠져나가는 일용직이기 때문에 체리 언니처럼 1년 이상 일한 대장 언니가 꼭 필요했다. 관리자가 하나하나 뭐 하라고 일러주지 않아도 체리 언니가 "다음에는 저거 포장해야 해. 이거는 아직 스티커 안 붙인 거라서 포장하면 안 돼. 저 박스에 송장 붙여"라며 현장을 지휘하곤 했기 때문이다.

억울했지만 체리 언니와 사이가 나빠지면 내 손해라는 것을 알기에 한마디도 할 수 없었다. 일이 끝나자마자 화장실로 직행해 먼지 묻은 손을 씻는데 긴장이 풀리자 아까 체리 언니한테 혼났던 일이 떠오르면서 괜히 서러워졌다. 사회생활이 결코 만만한 게 아니라는 것은 알고 있었지만 이럴 때마다 밀려오는 속상함은 가끔 나를 울게 만들었다.

애써 비교하지 말자고 다짐했지만 대학 다니는 애들은 대학에서 동아리 활동도 하고 전공 책 옆구리에 끼고 다니면서 캠퍼스도 활보하고 같은 과 남자 선배랑 썸 타면서 사는데 나만 이게 뭐란 말인가. 대학 간 애들과 달리 고향 동네인 이런 시골에 남아 윤체리의 이런 짜증이나 감당해야 한다는 사실이 나를 초라하게 만들었다. 매캐한 먼지가 떠다니는 물류 센터에서 하루 종일 단순 노동을 하는 건 어떻게든 참을 수 있었지만 윤체리가 이럴 때마다 세상 참 불공평하고, 억울하다는 생각이 거품처럼 뽀글뽀글 끓어올랐다. 나 스스로가 아무것도 아닌 존재라고 느껴지자 화장실 거울 앞에서 결국 눈물이 터졌다.

그때 슬지가 화장실 칸에서 나오더니 멈춰 서서 가만히 나를 바라봤다. 내가 울고 있으니 걱정되어서 차마 지나치지 못하는 것 같았다. 나는 거울에 비친 슬지를 보고는 애써 눈물을 닦고 웃으며 장난스럽게 물었다.

"왜 쳐다보냐? 우는 거 처음 보냐?"

"왜 울어?"

"알잖아. 윤체리 때문에."

그 말을 들은 슬지가 갑자기 생뚱맞은 말을 꺼냈다.

"근데 나 궁금한 게 있어. 왜 울 때만 나에게 말 걸어주는 거야?"

"뭘 내가 울 때만 말을 걸어. 그냥 윤체리가 너랑 나랑 얘기하는 걸 싫어하니까 평소에 말을 잘 못 거는 거지."

"그것도 그렇지만 사람들은 울 때 다가가면 관대해져. 왜 그런 거야? 울 때는 기분이 안 좋아서 우는 거 아니야?"

"그게 도대체 무슨 소리야?"

"우는 사람들만 골라서 말을 걸어보려고. 사람들이 많이 우는 곳은 장례식장이지?"

"이상한 이야기 좀 하지 마. 그냥 입장 바꿔놓고 생각해 봐. 울 때 와서 위로해 주면 기분이 어때? 좋겠지?"

"나 울 때는 아무도 위로 안 해줘서 모르겠어."

도통 종잡을 수 없는 대화에 대체 뭐 하는 앤가 싶었다.

스무 살 동갑인 슬지는 나와 비슷한 시기에 들어와 지금까지 같이 일하고 있었다. 몇 번만 이야기를 나눠보면 누구나 알 수 있듯이 슬지는 많이 엉뚱했다. 그리고 이상한 건 슬지뿐만이 아니었다. 내가 잘못을 하든 하지 않든 쉽게 화를 내는 윤체리가 슬지에게만큼은 화를 내지 않았다.

나는 거울을 보고 눈물을 아무렇게나 닦으며 말했다.

"아무튼, 너는 윤체리가 뭐라고 안 하니까 내 마음 몰라. 걔가 실컷 혼내놓고는 나중에 항상 '조금만 더 잘하면 될 것 같은데 그게 안 되니까 자꾸 혼내는 거잖아. 나도 마음 안 좋아. 그런데 다 너를 위한 거야'라고 착한 척하니까 미치겠어."

"얼마나 미치겠는데?"

"뭘 물어. 꿀밤이라도 먹이고 싶지."

"내가 해줄게. 그러면 나랑 친하게 지내줄래?"

슬지 입에서 대신 꿀밤 먹여준다는 말이 나오자 꽤 귀여워서 웃음이 나왔다. 슬지에게 꿀밤 맞는 체리 언니를 생각하자 웃기고 통쾌해져서 나는 피식 웃으며 덧붙였다.

"야, 윤체리 꿀밤 말고 뺨 때려주면 안 되냐?"

"내가 해줄게. 그러면 나랑 친하게 지내줄래?"

"뺨으로는 안 돼. 칼빵 놔줘, 칼빵."

"내가 해줄게. 그러면 나랑 친하게 지내줄래?"

나는 슬지의 호언장담에 칼빵만 제대로 놔주면 최고의 절친이 되어 평생의 우정을 나눠주겠다고 농담을 던졌다. 그러자 슬지가 새끼손가락을 내밀었고 그런 슬지의 행동이 너무 진지해서 또 웃음이 터졌다. 나는 쿡쿡 웃으며 장난스럽게 슬지의 새끼손가락에 내 새끼손가락을 걸었다. 그러자 슬지가 입꼬리를 올려 활짝 웃었고 마음이 한결 가벼워진 나도 따라서 미소를 지었다.

그때 마침 체리 언니가 화장실로 들어왔고 슬지가 황급히 나갔다. 혹시 체리 언니가 이야기를 들었을까 싶어 나는 당황스러웠다. 그러나 체리 언니는 아무 말도 못 들었는지 나에게 밝에 나가서 기다리자고 했다. 내가 휴게실에서 가방을 챙겨서 나오니 평소와 다르게 타고 가야 할 스타렉스가 없었다. 차는 어디 있냐고 묻자 체리 언니가 대답했다.

"오늘 읍내 반대 지역에서도 아르바이트생 왔는데 뭔가 혼선이 있었나 봐. 스타렉스가 한 대밖에 없어서 그 사람들 먼저 태워다주고 우리 태워다준대. 한 30분 걸린다더라. 아니 두 대로 싣고 왔으면 당연히 갈 때도 두 대가 필요한데 사람들이 일머리가 없어."

일머리 얘기가 나오자 아까 혼났던 게 생각나서 다시금 울컥했지만 체리 언니 앞에서 티를 낼 수는 없었다. 그때, 체리 언니가 목소리를 낮추고 말을 걸었다.

"너… 아까 화장실에서 강슬지랑 얘기했어? 너 걔랑 말도 섞지 마."

체리 언니의 목소리가 마치 무언가를 경고하는 것처럼 전에 없이 딱딱해졌다. 나는 아까 칼빵을 놔주겠다며 새끼손가락을 걸던 엉뚱한 슬지를 떠올리며 물었다.

"왜요? 슬지를 왜 싫어해요?"

"걔 좀 이상해. 여기가 시골이잖아. 너는 그나마 읍내에서 살아서 모를 텐데 나는 걔하고 여기 근처 마을에서 나고 자랐거든. 근데 원래 좀 이상한 애라고 동네에 소문난 애야."

"이상한 애요?"

"다른 소문들은 그냥 유언비어라고 쳐도 내가 겪은 게 있어. 내 조카가 선천적으로 자폐가 있어. 우리 언니가 결혼하고 나서 경기도에서 쭉 살다가 잠깐 조카 데리고 여기로 내려와서 몇 달 산 적이 있단 말이야. 조카가 그때 여덟 살 정도였는데, 여기 온 후로 매일 구토를 하는 거야. 근데 강슬지가… 아, 아니다."

"슬지가 왜요?"

"아니… 무슨 일인지는 기억 안 나는데 우리 언니랑 강슬지랑 하루는 엄청 싸웠어. 아, 아마도 그 일 때문이었을 거야. 강슬지가 동네에 항상 쥐덫을 놓고 다녔는데 언니는 조카가 호기심에 쥐덫 만지면 위험하니까 동네에 놓지 말라고 했나 봐. 그런데 강슬지랑 말이 안 통해서 엄청 싸웠대. 그날 이후로 우리 조카가 매일 배가 아프다면서 구토를 하는 거야."

점점 빠져드는 이야기에 나는 체리 언니에게 집중했다.

"읍내 병원에도 가보고 했는데 원인을 알 수 없었어. 근데 이상한 건, 비가 와서 조카가 밖에 나가지 못하는 날에는 구토도 안 하고 배가 안 아팠다는 거야."

"뭔가 이상하네요."

"보통 대문 닫고 마당에서 자유롭게 놀게 했었거든. 그런데 마당에 놀라고 두고 보면 어느 샌가 조카가 항상 구슬 아이스크림을 먹고 있었어. 누가 줬냐고 물으면 옆집을 가리켰어. 옆집하고 우리 집 사이에 담벼락이 되게 낮아. 조카가 장애가 있다 보니까 소통이 원활하게 되지 않아서 우리는 옆집 할아버지가 자식들이 사놓은 구슬 아이스크림을 아껴두었다가 담벼락 너머로 우리 조카를 준 줄 알았어. 보통 노인네들이 달달한 거 좋아해서 자식들이 과자며 아이스크림이며 많이 사놓잖아. 시골에서 구슬 아이스크림은 읍내에나 가야 살 수 있는 거니까 감사했지."

"그런데 슬지가 왜요?"

"들어봐. 나중에 감사한 마음에 과일 좀 갖고 옆집 할아버지를 찾아갔더니 옆집 할아버지는 한 번도 우리 조카한테 구슬 아이스크림을 준 적이 없대. 담벼락 너머로 준 적 없냐니까 없다고 하더라고. 대신 자기네 집 마당으로 강슬지가 들어와서 우리 조카에게 뭔가를 건네는 건 많이 봤다는 거야."

"에이 설마요."

"그 당시에 난 고등학생이었고 강슬지랑 학년만 다르지 같은 학교였으니까 걔 이야기를 내 친구들한테 했다? 그랬더니 내 친구 중 한 명이 얼굴이 새파래져서 뭐라고 하는지 알아? '야, 이상하다. 급식으로 김 나온 날 알지? 그날 걔가 급식실 퇴식

구 쓰레기통에서 뭘 막 열심히 줍고 있길래 뭔지 봤더니… 실리카겔이었어'라는 거야!"

"실리… 뭐라고요?"

"김에 들어 있는 동글동글한 방부제!"

체리 언니네 집은 발칵 뒤집어졌지만 증거는 없었고, 조카는 원래 살던 곳으로 돌아간 후 바로 구토 증세가 사라졌다고 한다.

내가 그 얘기를 듣고 느낀 감정은 황당함이었다. 슬지를 범인이라고 믿고 있는 체리 언니가 우스웠다.

그날 밤, 내 방에서 쉬고 있는데 엄마가 우철 오빠에게서 전화가 왔다고 수화기를 넘겼다. 사촌인 우철 오빠는 얼마 전 형사가 됐다. 같은 동네에 살긴 하지만 그다지 친하진 않아서 웬 연락인지 의아해하며 수화기를 받아 들자 우철 오빠가 다급한 목소리로 말했다.

"너 ○○ 물류 센터에서 아르바이트 하고 있댔지? 너 내일부터 절대 일하러 나가지 마. 거기서 일하는 윤체리라는 여자 알아? 그 사람 밤에 혼자 산책하다가 괴한에게 칼에 찔렸어."

그 칼이라는 게 내가 아는 그 뾰족한 흉기가 맞나 싶을 정도로 현실감 없는 말이었다. 아무 말 못하고 있는 나를 향해 우철 오빠가 말을 이었다.

"등이 깊게 여러 번 칼에 찔렸거든? 웬만하면 범인 잡힐 때까지 일 나가지 말고, 밤에도 돌아다니지 마. 피해자가 너랑 같은 물류 센터에서 일한다고 해서 깜짝 놀랐다."

알겠다며 전화를 끊고 마음을 진정하려 애썼지만 매일 얼굴 보고 일하는 언니가 칼에 찔렸다는 소식은 쉽게 받아들여지지 않았다. 특히 오늘 화장실에서 했던 슬지와의 대화가 스쳐 지나가자 찝찝함은 더해갔다. 침대에 누워 고민만 하다 날이 밝을 지경이었다.

'내일 물류 센터에 안 가면 다른 일자리 구해야 하는데 어떡하지? 하던 일이 익숙하고 편하니까 그냥 물류 센터 나갈까? 하긴, 설마 슬지가 그랬으려고?'

새벽 4시쯤, 슬지의 말과 체리 언니가 칼에 찔린 일은 우연의 일치라고 생각을 정리했다. 그래도 찝찝함이 가시지 않아 슬지와는 더 이상 대화도 나누지 않을 생각이었다.

다음 날 물류 센터에 도착하자 슬지가 기다렸다는 듯이 뿌듯한 표정으로 다가와 나에게 말을 걸었다.

"안녕, 친구야! 오늘 일 끝나고 나랑 옷 사러 갈래? 어제 내가 아끼던 원피스에 체리즙이 튀어서 버렸거든. 괜찮아?"

난 대답 없이 차가운 표정으로 슬지를 무시하고 지나쳐 갔다. 슬지는 몇 번이나 나에게 말을 걸었지만 나는 상대하지 않았고, 슬지 얼굴에 크게 실망한 표정이 스쳤다. 신경이 쓰였지만 체리 언니가 자꾸 생각나서 꺼림직한 기분에 슬지와 대화도 나누고 싶지 않았다.

일이 시작되고, 병원에 있는 체리 언니 대신 내가 현장을 맡아 이끌었다. 하다 보니 평소 화가 많던 언니가 이해될 만큼 신입 아르바이트생들은 속 터지게 어리바리했다. 송장을 잘못 붙여 전라도로 갈 게 강원도에 갈 뻔하질 않나, 상자에 로고가 거꾸로 되도록 뒤집어서 포장하지를 않나, 상자를 봉하는 실링 스티커를 날림으로 붙이는 바람에 다시 떼고 붙이느라 상자 표면이 다 벗겨지지를 않나. 일을 이렇게 하는데 심지어 손까지 느려서 오늘 해야 하는 업무량을 보고 있자니 조바심이 들끓었다.

게다가 내가 이리 뛰고 저리 뛰며 발견한 실수만 해도 이 정도인데 못 보고 그냥 묻혔다가 나중에 더 크게 수습해야 할 실수들은 또 얼마나 많을지 가늠조차 안 되니까 진심으로 눈물 날 지경이었다. 기왕 일하러 온 거 제대로 해야 하는 게 맞는데 여기 아르바이트생들은 그냥 시간만 때우다가 돈이나 받고 내일부터 안 나오면 그만이라고 생각하는 것 같았다.

상황이 엉망이 되어갈수록 애달파 미치는 건 오직 나였다. 나는 이마에 맺힌 땀과 눈가에 맺힌 눈물을 동시에 닦으면서 하루 종일 악악 외치고 다녔다.

"속도 좀 내주세요!"

"송장 잘 좀 보고 붙여주세요!"

"박스 방향 제대로 확인하고 넣어주세요!"

"실링 스티커 좀 예쁘게 붙여주세요!"

그러면서 동시에 내 할 일도 하느라 쉴 새 없이 손을 놀려야 했다. 이 말도 안 되는 상황 속에서 힘겹게 눌러 참던 화는 일 끝나기 1시간 전에 결국 폭발하고 말았다. 물류 센터에는 스무 살 여자애가 나, 슬지, 진주 이렇게 셋이 있었는데 한 달 전부터 일을 시작한 진주에게 그만 불똥이 튄 것이다. 동갑이라 편해서 그랬는지, 아니면 완전히 신입은 아니어서 자기 몫은 해줄 거라고 믿었는데 오늘따라 더 실수를 해서인지, 아니면 둘다인지 나도 모르게 폭발해서 진주에게 퍼부어대고 말았다.

"너 지금 뭐 하는 거야? 제대로 못 해? 너 머리 없어? 이 따위로밖에 못 하냐고!"

순간 작업장 분위기가 얼음장이 됐다. 막말을 퍼부어댄 나도 마음이 편한 건 아니었다. 나는 일이 끝나자마자 진주를 찾아 진심으로 미안하다고 오늘 내가 많이 힘들어서 그랬다고 사과하고 싶었다. 그래서 근무 시간이 끝나자마자 물류 센터 여기저기를 돌아다녔지만 진주는 보이지 않았다. 혹시 화장실에 있나 싶은 마음에 발걸음을 옮겼다. 그런데 화장실 앞에 다다르자 안에서 슬지의 목소리가 들렸다.

"내가 해줄게. 그러면 나랑 친하게 지내줄래?"

익숙한 말에 순간 등골이 서늘해져서 설마 하는 마음으로 벌컥 화장실 철문을 열어젖혔다. 끼익 하고 거친 소리를 내며 문이 열리자 나와 눈이 마주친 슬지가 나쁜 짓 하다 들킨 사람처럼 후다닥 도망갔다. 그 뒷모습을 잠깐 보다가 고개를 돌려 화장실로 한 발짝 내디뎠다. 세면대 앞 커다란 거울에는 눈물로 얼룩진 진주의 얼굴과 새하얗게 질린 내 얼굴이 반사되고 있었다.

집에 오자마자 나는 우철 오빠에게 전화를 걸어 통화 가능하냐고 묻고 본론부터 물었다.

"오빠, 혹시 체리 언니 사건 범인이 강슬지는 아니야? 강슬지란 애를 조사해 봐. 스무 살이고 나랑 같이 근무하는…."

"강슬지? 그 애라면 조사해 봤어. 윤체리가 우리한테 계속 범인은 강슬지라고 우기더라고. 범인 얼굴은 제대로 못 봤는데 뒷모습이 강슬지였대. 피해자 증언이긴 한데 확실하진 않고, 물증이 아니잖아. 어쨌든 수사해 봤는데 확실히 아니야."

"사건이 어떻게 진행되고 있는 거야? 친한 언니가 찔렸다고 하니까 궁금하고 겁도 나서."

"윤체리가 찔린 후 경찰이 신고 받아서 갔을 때는 범인이 완전히 도주한 후였어. 다음 날에 피 묻은 칼이 동네 공사장 구덩이에 버려져 있는 걸 발견했고. 범인이 그날 밤에 범행을 저지르고 바로 버리고 간 것 같았어. 지문은 지워져 있었고, 시골이라 인적도 드물고, CCTV도 없는 곳이라 지금 수사가 막혔어."

"피 묻은 칼이 있었다고?"

"응. 동네 마트에 이틀 전에 들어온, 손잡이가 노란색인 칼이야. 결제 내역을 추적해 봤지만 아직 아무도 사 간 사람이 없었어. 그런데 재고 조사를 하니까… 칼 하나가 비어."

"그럼 그 칼을 결제 안 하고 몰래 반출해 간 사람이 찔렀다는 거잖아? 외지인이 아니라 동네 사람이라는 거야?"

"동네 사람일 가능성이 커. 윤체리가 항상 9시면 동네를 산책한다는 걸 모르는 사람이 없더라. 윤체리가 중고등학생 시절부터 이어온 습관이래. 공교롭게도 8시쯤 강슬지가 마트 칼 코너에서 서성대는 걸 CCTV가 흐릿하게 잡아내긴 했어."

"그럼 슬지가 범인 맞네!"

"아니라니까 그러네? 강슬지가 사 간 물건은 도마였어. 다른 데 숨겨서 갈 수도 없는 게 딱 붙는 짧은 원피스를 입고 와서 옷 속에 숨겨 갈 수도 없고 가방을 갖고 온 것도 아니어서 가방

속에 몰래 넣어서 나갈 수도 없었어."

"그러면…."

"그리고 그 칼이 이 동네에서만 파는 것도 아니고 전국에서
다 팔아. 외지인 소행일 수도 있고 칼을 옷이나 가방에 숨기고
나갈 수 있는 동네 사람일 수 있는 거지. 아무튼 강슬지는 아
니야."

나는 그제야 마음을 놓았다. 삼촌과 숙모에게 안부 전해달라
는 말을 남기고 전화를 끊으려는 순간 우철 오빠가 잠시 주저
하더니 말했다.

"…그런데 강슬지라는 애 좀 이상하더라. CCTV 확인하니까
동선이 특이해. 보통 지하 1층부터 3층까지 갈 때 에스컬레이
터를 타고 이동하잖아? 걔는 비상계단으로 걸어가더라고. 그
리고 칼 코너에서 칼을 집었지만 계산대에서 결국 칼은 사지
않았어. 집었던 칼은 마트 안 어디엔가 두었대. 마트 CCTV도
사각지대가 있어서 강슬지가 어디에다가 칼을 두었는지는 잡
아내지 못했어. 수상하지만 들고 나간 건 도마뿐이니 범인은
아닌 거지."

"그래, 나 다 이해했어. 만약 외지인이 아니라면 슬지가 마트
사각지대에 둔 칼을 동네 사람 누군가가 집어서 가방이나 옷
속에 숨겨 반출해서 찔렀다는 거잖이? 어쨌든 슬지는 아니라

는 거고."

"그렇지. 그런데… 또 이상한 건 마트 이름이 쓰인 테이프 있
잖아. 지하 1층에서 직원들이 세일하는 초밥을 원 플러스 원으
로 묶고 있을 때 테이프를 몰래 갖고 가서 3층 생활용품 코너
에 두고 간 거야. 왜냐고 물었더니 뭐라는 줄 알아? 초밥 코너
직원이 평소에 쌀쌀맞아서 골려주고 싶었대. 테이프를 찾아 헤
매도록."

"엥? 걔 왜 그렇게 개념이 없대? 자기도 전에 고등학교 졸업
하자마자 마트 알바도 잠깐 해봤다면서 말이야."

순간 슬지와 처음 만났을 때 나눴던 얘기가 떠올랐다. 어색
하게 통성명을 하고 이런저런 얘기를 나누다가 나는 이게 첫
아르바이트라서 잘 할 수 있을지 걱정이 많다고 말했다. 그 말
을 듣고 슬지는 자기는 이게 첫 아르바이트가 아니라며 고등학
교 졸업하자마자 마트 아르바이트를 해봤다고 했다. 내가 마트
의 어떤 업무였냐고 묻자 슬지는 이렇게 대답했다.

"우유 코너에서 진열 아르바이트 했었어. 손님들이 진열된
우유 하나씩 집어 가면 진열고가 비잖아. 그러면 마트 뒷문 너
머에 있는 냉장고에서 우유 실어다가 선입선출 되도록 유통기
한 맞춰서 진열하는 업무였어. 치즈랑 요구르트도 다 맡아서
했었어."

"우유 은근 무거운데 여러 개 싣고 다녔으면 힘들었겠다."

"크게 힘든 건 없었는데, 그래도 힘들 때는 근무 시간 중에 비상계단 가서 많이 쉬고 그랬어."

"쉬는 곳이 없었어?"

"휴게실이 있긴 했는데 근무 시간 중에 휴게실에 혼자 앉아 있으면 눈치 보이거든. 우유 가득 채워 넣고 진열대 비기까지 텀이 좀 있어서 다른 파트보다 짬짬이 쉴 기회는 많았어. 그런데 근무 시간에는 관리자가 한 번씩 휴게실에 누구 있는지 보려고 돌아다니니까 눈치 보여서. 비상계단에는 CCTV 없고 다니는 사람도 없다 보니까 난 비상계단이 더 마음 편했어."

"좀 자율적으로 쉴 수도 있지, 휴게실도 확인하러 다니고 엄격하네."

"그래도 좋은 건 있었어. 같은 우유여도 회사마다 소속된 사람이 다 다르거든. 거기 일하시는 여사님들이 내가 어리니까 판촉 사은품 많이 챙겨주고 그랬어."

"판촉용으로 나오는 상품?"

"우유에 붙여서 팔라고 유제품 회사에서 미니 치즈 같은 거 나오고 그러거든. 꼭 판촉용으로 나온 사은품 말고도 즉석에서도 사은품 만들고 그랬어. 판매용 우유 작은 거를 유통기한 임박한 큰 우유에 사은품으로 붙여서 팔고, 우유가 너무 안 팔린다 싶으면 요구르트 낱개로 나눠서 안 팔리는 우유에 하나씩 붙여서 팔고. 어차피 유통기한 넘으면 폐기해야 하니까 폐기 직전에 그렇게라도 파는 게 이득이거든."

"그럼 붙여놓은 작은 우유나 요구르트 가격은 안 받아?"

"응. 사은품이니까 바코드를 본 품만 찍어."

"포스기에 행사 상품 아니라고 안 떠?"

슬지가 곰곰이 생각하다가 말했었다.

"한 번도 문제 된 적은 없는 것 같아. 그렇게 자율적으로 묶는 상품까지 포스기에서 알려면 묶을 때마다 바코드를 하나하나 만들어야 해. 어떤 날에는 미니 치즈를 붙일 때도 있고 다른 날은 작은 우유 붙일 때도 있고, 작은 우유도 한 개 붙일 때가 있고 두 개 붙일 때가 있고 자율적이거든. 바코드를 하나하나 만드는 게 현실적으로 불가능하니까 계산하시는 분들도 마트 테이프로 붙여져 있으면 그러려니 하고 본 품만 찍어."

"마트 테이프?"

"마트마다 마트 로고가 적힌 테이프를 쓰거든. 본 적 있을 거야. 이마트는 노란색, 롯데마트는 빨간색 이런 식으로."

회상을 마친 나는 우철 오빠와 통화 중이라는 것도 잊은 채 잠시 멍해졌다. 모든 게 이해되자 모골이 송연해지기 시작했다. 칼 코너에서 칼을, 지하 1층 초밥 코너에서 테이프를 들고

3층 생활용품 코너까지 비상계단을 이용해서 바삐 걸었을 슬지의 모습이 그려졌다. 슬지는 과연 어떤 표정으로, 무슨 생각을 하며 걸었을까. 비상계단에서 도마에 테이프로 칼을 묶으며, 계산대에서 도마에 묶인 칼은 사은품으로 처리되는 것을 보며 슬지는 과연 어떤 생각이 들었을까.

나는 그날로 물류 센터 근처에도 가지 않았다. 최대한 이 일과 아무 관련 없이 조용히 넘어가고 싶어서 우철 오빠에게도 아무 말 하지 못했다. 나는 이것으로 슬지와 관련된 모든 게 끝났다고 생각했다.

그러나 화장실에서 진주와 슬지가 나눈 대화가 내 머릿속을 떠나지 않았다. 공포가 점점 심해지자 어느 날부터인가 나는 길을 거닐 때 뒤에서 조금의 인기척만 들려도 흠칫 놀라며 진정이 안 되고는 했다. 누군가 나를 앞질러 가려고 가까이 다가오기만 해도 자지러지는 수준으로 놀라 심장이 심하게 쿵쿵거렸고 증세는 갈수록 심해졌다. 정신과에 가서 신경쇠약 약도 처방받았지만 언제 어디서든 슬지와 마주칠 수 있다고 생각하니 소용없었다. 내가 왜 이런 일을 겪어야 하는지 억울해서 엉엉 울며 세상을 원망해 봤지만 달라지는 건 없었다. 이런 힘든 날들이 계속되자 나는 결국 먼 타지의 숙소 제공되는 공장 생산직으로 일자리를 구해서 이 지역을 떠났다.

나는 차를 타고 고향을 떠나면서 모든 걸 잊자고 다짐했다. 하지만 나는 알고 있었다. 모든 걸 잊는대도 물류 센터로 출근할 때 차창 밖으로 보이던 그날 아침의 전경만은 잊을 수 없으리란 것을. 도로 양옆의 황금빛 벼 이삭들이 햇살에 반짝이며 물결치던 모습은 기억 속에 생생히 남아 나를 오래도록 괴롭힐 것이다. 뿌린 대로 거둔다는 그 속담과 함께.

곰돌이 모자 이야기

주말 늦은 오후, 나는 방에서 오랜만에 초등학교 졸업 앨범을 펼쳐보았다. 6학년 4반의 단체 사진 속 옹기종기 모여 있는 아이들 중에 현민과 내가 나란히 붙어 해맑게 웃는 모습이 눈에 들어왔다. 자연스럽게 내 입가에도 미소가 퍼졌다.

'보고 싶다. 겉으로는 무뚝뚝해도 참 괜찮은 애였는데.'

이런 생각으로 사진 속 현민을 손가락으로 쓸어보자 마음이 조금 아파왔다. 나는 남자애들한테 인기가 많은 스타일은 아니었지만 로맨스 비슷한 어린 날의 풋풋한 추억 정도는 있었다. 사실 첫사랑이니 로맨스니 그런 게 뭔지는 잘 모르겠지만 투명한 새벽 공기를 맞는 순간이라든가, 노을이 예쁘게 질 때 문득 그 애가 떠오르면서 함께 이 순간을 보내고 싶어지는 마음, 그때 조금 더 용기 내서 지금까지 연락이 이어졌다면 우리는 어땠을까 쉼 없이 곱씹어보는 일. 그런 게 사랑이 아닐까?

나는 졸업 앨범을 제자리에 꽂아놓고 방 밖으로 나갔다. 거실 TV에선 앵커가 정확한 발음으로 새 소식을 전하고 있었다.

"○○시 ○○구에서 한 남성이 이별을 고한 여성을 칼로 세 차례 찌르는 사건이 발생했습니다. 이 남성은 경찰 조사에서 여성에 대해 '죽일 마음은 없었지만 평생 함께할 수 없다면 평생 잊히지 않을 기억이라도 남기고 싶었다'라고 해 충격을 주었습니다. ○○○ 기자가 자세히 알아보겠습니다."

이내 TV 속 기자가 자세한 상황을 보도하기 시작했고 아빠랑 같이 소파에 앉아 있던 엄마가 혀를 끌끌 차며 말했다.

"저거 미친놈 아니야? 여자 인생도 망치고 감옥 가서 지 인생도 망치고."

엄마 말대로 정말 말도 안 되는 범죄였기에 나는 비웃음을 담아 비아냥거렸다.

"지 인생을 맞바꿀 만큼 아주 절절히 사랑했나 보네."

그 말을 들은 아빠가 갑자기 버럭 언성을 높이며 말했다.

"그게 무슨 사랑이야! 어떤 상황에서도 사랑이란 이름으로 범죄를 포장할 수는 없는 거야, 알아?"

뭐 이런 별것도 아닌 일에 화를 내나 싶었지만 할 말이 없어져서 대충 알았다고 대답하고는 내 방에 다시 들어와 침대에 누웠다. 침대에 누워서 천장을 보고 있으니 현민이 다시 떠올랐다.

현민을 처음 만난 건 열세 살, 초등학교 6학년 때였다. 현민은 초등학생답지 않게 큰 키에 이목구비가 뚜렷하니 잘생기고 운동도 잘해서 여자애들이 한 번쯤은 다 마음에 품어본 애였다. 다만 말수가 적고 성격이 무심해서 여자애들은 쉽게 다가가지 못했다. 학기 초, 나는 그런 현민이 같잖았고 현민을 보고 얼굴 붉히는 여자애들이 이해가 가지 않았다.

그러던 내가 현민에 대한 생각을 바꾼 건 6학년이 되고 한 달여가 지났을 무렵이었다. 우리 반에 박행복이라는 아이가 전학을 왔다. 행복은 선천적인 장애가 있어 주변 사람들의 도움이 조금 더 필요했다. 행복이 전학을 오자 담임선생님은 곧장 나를 붙들고 이렇게 말했다.

"소빛아, 소빛이의 5학년 때 담임선생님께 들으니까 소빛이가 참 착하다고 하더라고. 그래서 그런데 박행복, 소빛이가 1년 동안 짝꿍 좀 해줄 수 있지? 선생님은 소빛이가 참 착하다고 믿어."

물론 행복과 앉아서 수업받는 거 자체를 싫어할 만큼 나는 철없고 미성숙한 애는 아니었다. 그러나 나에게 닥친 끔찍한 일은 따로 있었다. 행복은 가끔 수업 시간에 자리에서 소변을 봤는데 선생님은 그 소변을 짝꿍인 나에게 모두 닦게 했다. 행복의 소변을 닦는 동안 선생님이 한 일은 행복에게 옆으로 비키라는 듯 막대기를 휘휘 흔든 것뿐이었다.

행복이 바닥에 소변을 볼 때마다 냄새 때문에 입으로만 숨 쉬며 행복의 자리를 대걸레로 밀었고 반 아이들은 불쌍하다는 듯이 구경하거나 킥킥거릴 뿐이었다. 닦은 후 대걸레도 직접 빨아야 했는데 물을 틀어놓고 헹구면 노란 소변이 꺼먼 먼지와 섞여서 개수대로 흘러 들어갔고, 그럴 때면 진심이지 구역질이 나올 것 같았다. 아무리 박박 닦아도 자리에서 냄새는 계속 나는 것 같았다.

"야! 오줌 당번!"

짓궂은 남자애들은 점점 나를 이름 대신에 박행복 오줌 당번 이라고 부르며 자기네들끼리 킥킥거리고는 했다. 부아가 치밀었지만 고작 6학년이었던 내가 할 수 있는 건 많지 않았고 부모님께 말씀드려 봤지만 부모님은 이렇게 대답하실 뿐이었다.

"에이, 도움이 필요한 친구를 돕고 살아야지. 그리고 선생님이 너한테 특별히 부탁한 거니까 그냥 아무 말 말고 해. 그게

다 선생님한테 예쁨받는 길이야."

내 마음을 알아주는 사람은 아무도 없었다. 나는 혼자 치밀어 오르는 감정을 눌러 참고 삭히며 지낼 수밖에 없었고 스트레스는 차곡차곡 쌓여갔다.

그날도 어김없이 입으로만 숨 쉬며 대걸레로 행복의 소변을 닦은 날이었다. 청소 시간이 되어 항상 하던 것처럼 빗자루와 쓰레받기를 들고 담당 청소 구역으로 나갔다. 청소 구역은 후문 안쪽이었는데 선생님과 학생들이 좀처럼 지나다니지 않는 구석진 곳이었다. 딱히 어질러질 구역도 아니어서 현민과 나, 단둘만 배정된 구역이었다. 현민과 후문 안쪽 청소 구역으로 나가자 봄바람이 꽤 세게 불었다. 후문에는 벚나무가 있었는데 나는 아직도 그날을 기억한다.

바람이 불 때마다 분홍색 벚꽃이 감당이 안 될 정도로 쏟아지면서 나를 휘감고 지나갔다. 허공에 흩날리는 꽃잎을 하염없이 바라보다가 시선을 느끼며 고개를 돌리자 그곳에선 현민이 나를 바라보고 있었다. 봄바람에 날리던 머리칼 사이로 내 마음을 천천히 헤아리듯이 나를 응시하던 말 없는 시선. 그 시선을 마주하자 왜인지 마음이 놓이면서 눈물이 왈칵 났다. 우는 나와, 우는 나를 바라보는 현민의 맑은 눈빛 사이로 하염없이 벚꽃 잎이 떨어졌다. 그렇게 둘이서 한참을 가만히 눈 맞추며

서 있었다.

　다음 날 행복이 교실에서 또 소변을 봤고 선생님은 아주 당연하다는 듯이 나에게 뒤처리를 시켰다. 그때 현민이 손을 들고 말했다.

　"선생님, 정소빛 오늘 칠판 당번 아닌데 왜 박행복 오줌 닦아요?"

　우리 반에서 칠판 당번은 주번처럼 쉬는 시간마다 칠판을 닦고 청소 도구함도 정리하고 가득 찬 쓰레기통도 비우는 역할이었다. 선생님이 기가 찬 듯이 현민에게 말했다.

　"누가 칠판 당번이라서 오줌 닦으라고 했어? 왜 닦으라고 했냐면…."

　"3분단 청소 당번이니까요?"

　현민의 대답에 선생님은 별생각 없이 대답했다.

　"그래. 박행복이 3분단이니까 3분단 청소 당번이 닦아야지. 소빛아, 가서 대걸레 갖고…."

　그 순간 현민이 나를 빤히 봤다. 무슨 상황인지 감을 잡지 못해 가만히 있던 나는 순간 모든 게 이해가 갔다. 같이 후문 청소를 하는 현민이 내 청소 구역을 모를 리가 없었기 때문이다. 나는 손을 번쩍 들고 말했다.

　"선생님, 저 3분단 청소 당번 아니에요."

"뭐? 그러면 누구야?"

나를 오줌 당번이라고 지겹게도 놀렸던 남자애 둘이서 쭈뼛 거리며 손을 들었다. 그날 이후로 나는 행복의 소변을 치우지 않아도 되었고 행복이 소변을 볼 때마다 3분단 청소 당번이 치 우게 되었다.

현민의 배려는 6학년 내내 종종 있었다. 나는 어느새 현민을 마음에 두게 되었지만 중학교를 여중, 고등학교를 여고로 오면 서 더 이상 만날 수는 없었다. 그렇게 연락도 끊겼지만 나는 지 금까지 현민이 문득 떠오를 때마다 마음이 몽글거리곤 했다.

멍하니 침대에 누워 있다가 현민의 생각이 떠나지 않아 휴대 폰을 들었다. 혹시 현민의 SNS 계정이라도 찾을 수 있을까 싶 어 SNS 검색창에 현민의 이름을 검색해 보았다. 그러다 깜짝 놀랄 사실을 하나 알게 되었다. 현민의 이름이 음악 프로그램 에서 무대를 하는 한 아이돌 그룹 영상에 태그되어 있었다. 나 는 그 영상들을 하나씩 눌러보기 시작했다.

"네! 오늘 만나볼 신인 그룹은 웨더입니다! 리더 썬더 씨가 한 말씀 해주시죠."

"안녕하세요! 리더 썬더입니다. 반갑습니다!"

변성기가 지나 목소리가 중저음으로 변하고 이목구비 선이 뚜렷해져 남자다워졌지만 영상 속의 남자는 분명히 내가 아는 그 현민이었다. 나는 나도 모르게 꺅 하고 소리를 질렀다.

현민이 보이 그룹 웨더의 리더 썬더로 데뷔했다는 사실이 내 일처럼 기뻤다. 반가움과 호기심은 이내 좋아하는 마음이 되었다. 그때부터 나는 썬더 영상을 보는 일에 열중했고 무대 영상뿐 아니라 썬더가 나오는 예능이며 인터뷰, 화보 메이킹 필름까지 다 찾아서 봤다. 썬더와 가까워질 수 있는 방법은 그게 유일했고 썬더에 대해서 모두 알고 싶었다.

학교에서도 점심시간마다 친구들과 웨더 이야기로 수다를 떨었다. 인기 많고 팬덤 탄탄한 다른 보이 그룹과는 다르게 웨더는 아직 이름도 못 들어본 사람이 많은 신인 그룹이었다. 그렇기에 나는 웨더의 전속 영업 부장처럼 열과 성을 다해 홍보하고 다녔다. 내 정성이 통했는지 몇몇 애들이 웨더의 팬이 되기도 했다. 내가 조금이라도 보탬이 되어서 웨더가 빨리 성공해 썬더가 정상으로 날아올라야 했다.

그날도 나는 내 앞에 앉은 미혜를 붙잡고 웨더 얘기를 하고 있었다. 웨더 얘기가 지겨운지 미혜가 관심 없다는 표정으로 딴짓하며 듣고 있었다. 기분이 상했지만 썬더를 위해서라면 이런 굴욕쯤은 참을 수 있었다. 나는 장난스러운 말투로 진심을 선했나.

"야, 웨더 무대 한번 봐봐. 응?"

"글쎄…. 근데 난 걔네 별로더라. 생긴 것도 평범하고 콘셉트도 별로야. 회사에 돈 없는 것도 티 나. 약간 궁핍돌? 그게 콘셉트면 인정."

애가 지금 무슨 말을 하는 거지? 궁핍돌이라는 말에 참을 수 없었던 나는 미혜가 좋아하는 보이 그룹을 장난인 척 똑같이 비아냥거리기 시작했다. 얼마 안 가 미혜와 내가 소리 높여 싸운 것은 당연지사였다. 미혜는 평소 쌓아두었던 나에 대한 불만까지도 하나하나 웨더를 걸고넘어지며 비아냥거렸다. 내 욕은 참아도 현민이 욕을 먹는 건 참을 수 없었다. 나는 머리끝까지 화가 나 질세라 악담을 내뱉었고 미혜와 나는 누가 먼저랄 것도 없이 서로 머리채를 잡고 싸우기 시작했다. 담임이 오고 나서야 우리는 서로에게 향한 손을 뗐다. 이후 불려간 상담실에서 아무 말 못 하고 고개만 푹 숙이고 있는 나에게 선생님은 어이없다는 듯이 말했다.

"정소빛, 너 공부도 열심히 하고 조용조용해서 예의 바르고 모범생이구나 싶었는데 친구 머리채를 잡아? 그것도 썬더인가 그 가수에 미쳐서?"

"저는 그냥 썬더 영상 같이 보자고, 좋은 뜻에서 그런 거예요."

"도대체 그 가수 나부랭이 때문에 네가 왜 싸우니? 싸워준다고 그 가수가 너에게 감사합니다 하고 넙죽 절이라도 해? 너 얼굴에 손톱자국 봐! 부모님이 얼마나 속상하시겠니? 선생님이 부모님하고 전화로라도 상담 한번 해야겠으니까 그렇게 알아."

나는 서러워서 울음을 터트렸다. 선생님은 목소리를 한 톤 낮추고 어르듯이 말했다.

"내가 여고에서 20년간 담임하면서 너 같은 애들 한두 명 보겠니? 10년 전에 학교도 빠지면서 가수 보러 다니고 점심시간에 교실 뒤에서 맨날 플래카드 만들던 어떤 선배가 있었어. 그 선배가 어느 날 그러더라. '화면으로 보던 그 사람은 누구보다 나와 가까운 사람이었는데 실제로 보는 그 사람은 누구보다 멀리 있는 사람이었어요'라고 말이야. 그 후로 마음잡고 공부 열심히 해서 결국 좋은 대학 갔잖아."

의문을 담은 눈으로 보자 선생님이 말을 이었다.

"그 선배는 어느 날 문득 현실을 깨달은 거야. 그 가수에게 자기는 수천수만 명 중 하나일 뿐 별로 특별하지도 않은 존재라는 걸 말이야."

선생님은 그 일화를 부모님에게도 전화로 전한 것 같았다. 엄마는 나를 앉혀놓고 한숨을 쉬면서 말했다.

"아빠 동창 중에 방송국 다큐멘터리 PD 있거든? 그 사람한테 밀해놨으니까 주말에 그 썬더인지 뭔지 한번 만나고 와. 갔다 와서 모든 미련 버리고 공부에 집중해."

나는 썬더를 만난다는 생각에 한 번 더 환호성을 질렀다.

주말이 되어 방송국에 도착하니 아빠의 친구가 마중을 나와 주었다. 머리를 쓰다듬으며 인사해 준 그는 목에 건 출입증을 내밀며 사람들을 슥슥 헤쳐나가 순식간에 대기실 앞까지 나를 데려다주었다. 웨더라고 쓰인 종이가 붙여진 대기실 앞에 서자 긴장되어 심장이 멈추는 기분이었다. 심호흡을 몇 번 한 다음 천천히 문을 열고 들어가자 무대 의상을 입고 헤어와 메이크업 까지 마친 현민이 소파에 앉아 있다가 걸어 들어오는 나를 향해 고개를 돌렸다. 마주친 그의 시선은 그때 벚나무 아래서 나눴던 맑은 눈빛 그대로였다.

현민과 만난 후 한동안은 상사병에라도 걸린 기분이었다. 밥을 먹지도 못하고 하루에도 몇 번씩 체중계 위에만 올라갔다. 그날, 멋있게 꾸민 현민이 씩 웃고는 내 어깨를 툭 치며 낮은 목소리로 이렇게 말했기 때문이다.

"너 정소빛 맞지? 많이 예뻐졌네. 오랜만이다."

현민이 나에게 그 말을 하던 순간만 생각하면 심장이 하루에도 몇 번씩 멈추는 기분이었다. 나중에는 과장 조금 보태서 심장병에 걸릴 것만 같았다. 나는 수업 시간에도 멍하니 현민을 생각하며 나 스스로에게 되물었다.

'이제 어떡하지? 어떻게 해야 현민이와 더 가까워질 수 있지?'

나는 새우젓에 있는 새우 같은 다른 팬들과는 달랐다. 현민이 예쁘다고 직접 말해준 사람이었다. 6학년 때 현민이 내게 보여준 행동들을 생각하면, 어쩌면… 내가 현민이의 첫사랑일 수도 있었다. 심장이 쿵쿵거리며 뛰었다.

부모님은 내가 마음을 접었으면 했으니 아빠 친구를 통해 또 만날 수는 없었다. 하는 수 없이 공개 방청을 뛰기로 했다. 그룹 웨더 스케줄에 맞춰 공개 방청을 신청했다. 현장에서는 처음이라 뭐가 뭔지 몰라 다른 팬들을 이리저리 살피면서 눈치껏 움직였다. 마침내 기다리던 현민이 등장했다. 현민은 언제나처럼 화면보다 더 멋있었다. 마음이 벅차 속으로 비명을 지르며 발을 동동 굴렀지만 현민은 팬들을 제대로 쳐다봐 주지 않았다. 그저 함께 게스트로 나온 걸 그룹 멤버와 쉬는 시간마다 웃으며 잡담을 나누었다. 그 걸 그룹 멤버는 딱히 유명하진 않았는데도 피부가 뽀얗고 얼굴도 조막만 해서 내가 살면서 본 사람들 중 가장 예뻤다. 알 수 없는 질투심이 몰려왔고 현민과의 거리감이 실감 나서 마음이 움츠러들었다.

촬영이 끝난 퇴근길, 팬들이 몰려들었고 웨더 매니저가 저리

가라며 팬들을 향해 소리를 질렀다. 팬들은 매니저가 소리를 지를 때마다 뒤로 주춤 물러나는 척하다가 매니저가 눈을 돌리는 순간 멤버들을 향해 손을 뻗으며 다시 조금씩 다가갔다. 다른 웨더 멤버들이 팬들을 향해 손을 흔들며 인사하는 동안 현민은 휴대폰만 보고 있었다. 나는 처음으로 용기 내어 현민을 불렀다.

"현민아, 나 소빛이야!"

그러자 마법 같은 일이 일어났다. 잠깐이지만 현민이 고개를 들고 이쪽을 쳐다본 것이다. 눈이 마주치자 심장이 멎을 것 같았다. 이거다 싶었다. 기대를 갖고 다시 한번 내 이름을 넣어 큰 소리로 불러보았지만 현민은 더 이상 고개를 들지 않았다. 나도 모르게 사람들을 밀고 앞으로 나갔다.

"현민아, 나 기억하지! 나 소빛이야! 정소빛!"

어느새 나는 가장 앞자리까지 나와 있었다. 현민과 가까워졌다는 것을 깨달으니 안타까운 마음이 커졌다. 조금만 손을 뻗으면 현민의 소매를 한번 만져볼 수 있을 것 같았다. 그거 하나면 오늘 하루 종일 서 있느라 퉁퉁 부어 아픈 다리도, 독서실에 간다며 엄마 아빠를 속이느라 고생한 것도 아무것도 아닌 게 될 것 같았다.

그때, 뒤를 돌아본 매니저가 갑자기 나를 향해 무섭게 소리를 질렀다.

"야! 이년아! 오지 말라니까!"

나는 놀란 눈으로 매니저를 보고 바로 현민을 돌아봤다. 그러자 현민 또한 놀란 눈으로 이쪽을 봤지만 이내 못 본 척 고개를 돌려 무표정한 얼굴로 밴에 올라탔다. 어안이 벙벙해 모두가 가고 난 뒤에도 난 혼자 그 자리에 서 있을 수밖에 없었다.

집에 오는 지하철에서 현민이 왜 못 본 척 말없이 밴에 올라탔는지 계속 생각했다. 답은 뻔하게도 정해져 있었다. 이제 막 데뷔한 신인 입장에선 아무리 보고 싶고 그리웠던 첫사랑이 그런 상황에 처했다 해도 매니저에게 대들 수는 없었을 것이다.

이게 다 저 흔한 팬들과 같은 방법으로 현민에게 다가가서 그런 것 같았다. 현민과 따로 연락을 해서 만날 수만 있다면 깔끔하게 해결될 일이었다. 나는 현민을 만나면 내가 얼마나 응원하고 있는지, 예전의 배려들이 얼마나 고마웠는지 어떻게 전해야 효과적일지 머릿속으로 수없이 시뮬레이션 해봤다. 내 상상 속에서 현민은 맑은 눈빛으로 내 말을 가만히 들어주다가 씩 웃으며 중저음의 목소리로 '나도 고마워, 네가 있어줘서'라고 대답하고는 했다.

이쯤 되니 하루 빨리 현민에게 내 존재를 알리고 내 마음을 전하는 게 급선무였다. 나는 팬레터도 쓰고 현민이 보이는 라디오에 출연할 때마다 내 이름을 언급하며 문자도 꾸준히 보냈고 공방도 열심히 뛰었다. 그러나 처음의 기대와 달리 어떤 연락도 오지 않았고, 현민이 내 문자를 읽어주는 일도 없었다. 우연이겠지만 공교롭게 내가 보낸 문자를 DJ가 읽을 때면 현민의 미간이 살짝 찌푸려지는 것도 같았다.

역시 오롯한 진심을 전하기에는 현민과 나의 거리가 너무 멀었다. 게다가 공방에서 본 현민은 수많은 팬에 둘러싸여 있었고 내 목소리는 닿지 않았다. 그럴수록 나는 조급해졌다. 현민을 향한 내 사랑은 날이 갈수록 깊어졌는데, 설상가상으로 웨더는 점점 유명해지고 있었다. 웨더가 유명해지기를 누구보다도 바랐던 나지만 유명해질수록 만나기 힘들어지는 건 당연했다. 웨더가 더 유명해지기 전에 현민과 특별한 사이가 되어야 했고 서로 진심을 확인해야 했다. 나는 점점 더 현민에게 모든 일상을 집중하기 시작했다.

그러던 어느 날, 웨더가 또 다른 라디오에 나온다는 소식을 들었다. 라디오 방송 시간이 수업 시간이라서 차마 공방을 뛰지는 못해 학교가 끝나고 집에 오자마자 이어폰을 꽂고 다시 듣기를 눌렀다. 현민은 방송 내내 말을 많이 하지는 않았지만 가끔씩 웃기도 하고 씩씩하게 대답도 했다. 그때마다 들리는 현민의 목소리는 너무도 달콤했다. 두근거리는 심장을 부여잡고 조심스럽게 한마디, 한마디 아껴 듣고 있는데 라디오 DJ가 웨더 멤버들에게 물었다.

"웨더가 데뷔한 지 얼마 되지도 않았는데 인기가 어마어마해요. 그러다 보면 팬레터도 많이 받고 그러겠어요?"

"썬더 형이 많이 받아요. 6학년 때 같은 반이었다면서 썬더 형한테 꾸준히 팬레터 보내는 분이 계세요. 그분이 항상 분홍색 편지지에 보내서 우리도 다 알아요."

순간 내 귀를 의심했다. 분명 내가 보낸 팬레터 이야기였다. DJ가 현민에게 어떤 편지인지 한번 말해보라고 추궁했다. 현민이 입을 열었다.

"어떤 분이 6학년 때 저랑 같은 반이었다고 주기적으로 편지를 보내시거든요. 누군지는 알겠는데 제 생각엔 별로 친하지 않았거든요? 그런데 그분은 저를 많이 친하다고 생각하시나 봐요. 본인 전화번호도 편지 마지막에 항상 쓰면서 연락하라고, 기다리고 있다고 그러시는데 저는 연락할 일이 없어요. 그만둬 줬으면 좋겠습니다. 하하!"

현민의 말에 DJ가 익숙한 얘기라는 듯 말을 받았다.

"그래요. 그동안 연락 한번 안 하다가 우리 썬더 씨가 잘나가고 그러니까 갑자기 연락 오고. 그런 동창생들 많을 거예요. 그런 거 주의해야 해요. 그런 사람들은 친구도 아니야."

"네. 처음에는 그냥 그런가 보다 했는데 너무 줄기차게 편지를 보내고 오늘처럼 라디오 방송 할 때마다 들어와서 자꾸 자기가 누구라면서, 실명 언급하는 문자를 쓰고 그러니까 많이 보기 안 좋더라고요. 최근 들어 더 심해진 것 같아서 매니저 형에게 말씀드릴까도 싶어요. 그분이 저희 스케줄에 찾아와서 자기가 누구라고 외치기도 하고 그랬거든요."

"그러게요, 일하고 있는데 와서 자기 누구라고 외치면 뭘 어쩌라는 걸까요? 그 사람 때문에 마음고생이 심하셨구나. 그분 진짜 매너가 없네요. 썬더 씨랑 동갑이면 열여덟 살일 텐데 아직 어려서 그런가 보다. 이 라디오 듣는 어린 친구들! 그런 행동하면 안 돼요. 아셨죠? 자, 그러면 다음 코너 넘어가 볼게요."

이어폰에서는 라디오 프로그램의 다음 코너를 알리는 음악이 흘러나왔지만 나는 라디오를 끄고 한참을 가만히 있었다. 나도 모르게 흐느끼기 시작하면서 점차 눈물이 흘러 떨어졌다. 웨더 멤버들과 DJ가 내 이야기를 하면서 비웃던 웃음소리가 귀에 박혀 떨어지지 않았다. 혼자 키워온 마음이 아무렇지도 않게 짓밟히고, 깔아뭉개졌다. 그게 이렇게 마음이 아플 줄 상상도 못했다. 오래 좋아했고 마음속 한 줄기 빛으로 간직했는데…. 그저 좋아한 마음을 표현한 것뿐인데 이런 취급을 받자

분노마저 밀려왔다. 그렇지만 현민은 더 이상 현민이 아니라 썬더라는 사실을 인정해야 했다. 소녀 팬들로부터 순수한 사랑을 넘치도록 받아서 이런 마음 따위는 귀찮고 집착이라 생각하는 썬더.

그렇게 나는 며칠 동안 열병에 앓아누웠다. 열이 펄펄 끓고 머리가 깨질 듯 아팠지만 가장 아픈 건 마음이었다. 열병이 나은 뒤에도 마음속 후유증은 나를 괴롭혔다. 남들 눈에는 한낱 팬심으로 보이겠지만 이 마음은 안 겪어본 사람은 모를 것이다. 나는 현민을 단순한 팬으로서가 아니라 인간 대 인간으로서 진심을 다해 좋아했다. 마음은 그 자리에 멈춰 있는데 야속하게도 시간은 흘러갔다.

어느새 가을에 접어들어 곧 추석을 맞았다. 우리 가족은 모두 시골에 있는 할아버지 집으로 향했다. 할아버지 집은 깡시골의 아주 작은 마을이었다. 추석날 본 사촌동생들은 모두 사춘기인지 휴대폰만 들여다봤다. 심심했지만 그렇다고 부엌에 가서 어른들이랑 얘기 나누자니 꼼짝없이 전을 부쳐야 할 상황이었다. 나는 산책을 핑계로 밖에 나와 시골길을 걸었다. 그 순간에도 내 머릿속을 가득 채우는 건 현민 생각뿐이었다. 추석인데 본가도 못 내려가고 아이돌 체육대회를 하겠구나 하는 걱정 말이다. 그러나 이내 거기서 걸 그룹 멤버와 번호도 주고받을까 생각하자 우울해졌다.

그때, 멀리서 내 또래의 여자애가 한들거리며 풀꽃같이 걸어왔다. 그 애는 날 보자마자 내 이름을 반갑게 외쳤다. 나는 어디서 본 듯한 얼굴을 가만 바라보다 한참 만에 생각해 냈다. 강슬지. 슬지는 내가 초등학생 시절 할아버지 집에 올 때마다 찾아가서 재잘거리며 놀던 한두 살 위의 언니였다. 나이 차가 없진 않았지만 어차피 둘만 만나는 사이였고, 슬지도 신경 쓰지 않는 듯해 언니라고 부른 적은 없었다. 할아버지는 슬지가 나이답지 않고 하는 행동이 좀 이상하다며 내가 슬지랑 놀고 올 때마다 화를 냈다.

할아버지가 화를 내지 않아도 사춘기가 왔던 중학생 시절부터는 괜히 어색한 마음에 슬지네 집에 찾아가지 않았다. 그렇게 한참을 안 만났는데 슬지는 나를 며칠 전까지 같이 논 친구처럼 반갑게 대했다. 나는 어색한 인사를 건네고 슬지의 손에 이끌려 슬지 집으로 향했다. 서로 근황을 묻고 더 깊은 얘기가 시작되자 나는 현민의 얘기를 할 수밖에 없었다. 현민은 나의 가장 큰 자랑이자 나의 가장 깊은 상처였다. 슬지는 내 얘기를 차분히 듣더니 순진한 얼굴로 가볍게 말을 건넸다.

"간단해. 웨더 팬 사인회에 가. 모아놓은 돈 있을 거 아니야?

없으면 훔쳐서라도 가."

놀라 아무 말도 못 하는 나에게 슬지는 눈 하나도 깜짝하지 않고 말을 이었다.

"썬더 인생에 점 하나라도 남기려면 팬 사인회 정도는 가야 하지 않겠어? 너 평생 개한테 아무것도 아닌 사람으로 살래?"

아무것도 아닌 사람이라는 말이 나에게 날아와 박혔다.

추석이 끝나고 집으로 오자마자 팬 사인회에 갈 방법을 알아 보았다. 초등학생 때부터 세뱃돈까지 차곡차곡 모아놓은 통장을 깨서 웨더 음반 수십 장을 샀다. 다행히도 아직 웨더가 아주 유명한 그룹은 아니었기 때문에 수십 장으로도 충분할 것이었다.

음반을 사고 오는 길에 놀이동산에서나 쓸 법한 검정색 반달 곰 모양 털모자를 사서 슬지가 말한 대로 지하철역 노숙자 아저씨에게도 건넸다.

"아저씨, 요즘 밤에는 쌀쌀해져서 추우시죠? 이거 쓰세요."

노숙자 아저씨는 얼른 모자를 받아서 썼다. 돌아오는 내 마음이 뿌듯해졌다.

며칠 후, 마침내 예상대로 팬 사인회에 당첨되었다. 나는 당첨 사실을 확인하자마자 지하철역 노숙자 아저씨를 찾아가서 귀를 덮는 평범한 디자인의 털모자를 내밀며 말했다.

"아저씨, 제가 일주일 전에 드린 지금 쓰고 계신 곰돌이 털모자 이제 주세요. 대신 이 털모자 드릴게요."

팬 사인회에서 팬들은 왕관을 내밀기도 하고 머리띠를 내밀기도 했다. 썬더를 포함한 웨더 멤버들은 각자 머리띠며 캐릭터 모자며 왕관을 쓰고 브이를 해줬고 여기저기서 플래시가 터졌다. 내 차례가 되어, 썬더의 앞에 가서 섰다. 자리에 앉아 나를 마주 보는 썬더의 눈동자가 흔들렸다. 나는 미소를 지으며 곰돌이 모자를 건넸다.

한 달 후 썬더를 검색하면 연관 검색어로 '썬더 솔직한 기자들'이 가장 위에 떴다. 〈솔직한 기자들〉은 연예부 기자들이 나와 연예계의 여러 가십들을 이야기하는 코너였다. 〈솔직한 기자들〉 채널의 가장 조회 수가 높은 동영상을 누르자 한 여자 기자가 준비한 이야기를 풀었다.

"제목은 너무도 더러운 그! 최근 연예인들이 많이 다니는 헤어숍에서 W 그룹 T 모 군이 자꾸 머리를 긁으며 두피에 피부염이 생긴 것 같다고 고민을 토로했다고 합니다. 그 말을 들은 헤어디자이너가 잦은 염색으로 두피에 무리가 간 건가 하고 확인했더니 글쎄, 서캐가 가득하고 머릿니가 기어 다녀서 기함을 했다는데요! 이런 소문은 삽시간에 퍼져서 같은 숍을 다니는 동료 아이돌들 사이에서 모르는 사람이 없을 정도라고 합니다. 얼마나 더러우면 머릿니가 생기겠냐고 T 모 군이 썼던 빗을 쓰지 않겠다는 동료 아이돌들 때문에 머릿니 소동이 끝난 다음에도 그 헤어숍에는 T 모 군 모르게 T 모 군 전용 빗이 생겼다고 합니다."

영상을 볼 때마다 마음에 노을이 번졌다. 아무것도 아닌 내가 빛나는 현민에게 조금이라도 가닿았다는 사실이 감격스러웠다. 그러나 내 힘겨운 첫사랑은 이제부터 시작이었기에 마음 단단히 먹어야 했다. 나는 침대에서 일어나 내 방 벽에 붙인 현민의 브로마이드에 입을 맞췄다. 현민은 언제나처럼 나를 보며 맑은 눈빛으로 미소 짓고 있었다.

화채 이야기

나는 차를 몰고 고속도로를 달리고 있었다. 한 번도 들어본 적 없는 산골 마을로 가는 길이었다. 알지도 못하는 곳을 찾아가는 건, 그곳에 국민학교 4학년 때의 담임이 귀농하여 살고 있다는 얘길 들어서다. 당시 담임은 남자로, 40대 중반 정도였다. 무서운 정도를 넘어 반 아이들, 특히 나에게 공포의 대상이었던 담임을 찾아가는 이유는 따로 있었다. 지금까지도 그 선생에 대한 기억이 나를 괴롭히고 있기 때문이다.

　며칠 전, 또다시 그 선생 꿈을 꾸고는 비명을 지르며 깨어난 나에게 와이프는 크게 속상해하며 이렇게 말했다.

　"그 선생 생각할수록 화가 나네. 당신 그 선생 한번 찾아뵙고 제대로 사과 받아요."

"됐어. 다 지난 일이고 그땐 흔하게 겪었던 일이야."

"됐다고 하지 말고 사과를 제대로 받으란 말이에요. 어릴 적 상처는 어떻게든 치료해야 앞으로 살아갈 날들이 건강해질 수 있는 거예요. 꾹꾹 누르기만 하면 결국은 곪아 터진다고요!"

아직도 그 선생을 생각하면 두려움에 손바닥이 축축해지지만 아내의 말에 용기를 낸 나는 교육청에 연락해 보았다. 그러나 교육청에서는 개인 정보라고 알려주기를 꺼렸고 동창들에게 수소문한 끝에 그 선생이 이 시골 마을에서 노후를 보내고 있다는 걸 알게 되었다.

차를 몰고 가면서 참 많은 생각을 했지만 막상 찾아가기로 결정하니 마음이 어쩐지 가볍고 설렜다. 나를 오래 짓눌러 온 어린 시절의 상처가 오늘로써 치료받을 수 있다는 생각에 후련하고 홀가분했다. 세월도 많이 지났고 나도 열한 살이 아니라 어엿한 중년이니 이제는 어른 대 어른으로 차분하게 대화를 나누고 사과를 받고 용서를 할 수 있으리라.

국민학교 4학년 때 담임선생은 기이하리만큼 학생들이 편식하거나 음식 남기는 걸 싫어했다. 어릴 때 나는 표고버섯의 향을 못 견뎌했는데, 표고버섯이 들어간 음식을 먹으면 구토할 정도로 거부감이 심했다. 공교롭게도 학교 급식에서 나오는 버섯볶음엔 늘 표고버섯이 들어갔다. 편식을 못하게 하는 선생 때문에 배식 때 버섯볶음만 안 받을 수도 없었던 나는 식판에 버섯볶음이 얹어질 때마다 마음에 짐이 쿵 하고 얹어지는 기분이었다. 급식에 버섯볶음이 자주 나왔기에 그럴 때마다 나는 여간 곤욕스러운 게 아니었다.

내가 잊지 못하는 그날도 반찬으로 버섯볶음이 나왔다. 나는 버섯볶음을 몰래 남겨 휴지에 싸서 쓰레기통에 버렸는데 그걸 반장이 담임에게 큰 소리로 이르고 말았다. 담임이 교실 뒤편의 나를 향해 빠르게 저벅저벅 걸어왔다. 내 앞에 온 담임은 숨을 씩씩 몰아쉬면서 쓰레기통에 버려진 버섯볶음과 나를 번갈아 보았고, 나는 너무 무서웠지만 솔직하게 말을 했다.

"선생님, 저는 버섯볶음이 먹기 싫어요!"

그러자 담임이 망설임 없이 내 뺨에 따귀를 날렸다. 한 번도 아니고 여러 번. 무방비하게 뺨을 맞는 동안 나는 두려움에 반항하기는커녕 울음소리도 내지 못했고 교실에는 내가 뺨 맞는 소리 말고는 아무 소리도 들리지 않았다. 그때는 그런 것이 용납되던 그런 시절이었다.

담임을 만나고 골목길을 나오면서 착잡한 마음을 감출 길이 없었다. 아까 전의 일 때문에 이대로 고속도로에서 운전하면 사고라도 날 것 같았다. 감정을 좀 다스리고 다시 운전대를 잡으려고 골목길에 있는 어느 카페 간판이 보이자 차에서 내렸다. 커피라도 한잔 마시며 답답한 속을 달래야겠다는 생각을 하며 카페 문을 열고 들어갔다.

카운터에서 커피를 주문하고 자리에 앉아서 기다리자 종업원이 직접 가져다주었다. 커피를 가져다주는 종업원을 보니 꽤 어려 보였다. 20대 초반으로 보이는 어린 나이에 이 늦은 저녁까지 용돈을 벌기 위해 열심히 사는구나 싶었다. 기특한 마음이 들어 해외에 출장을 나갔을 때처럼 지갑을 열어 팁이라며 만 원을 꺼내 주었다. 그러자 종업원이 깜짝 놀라며 팁을 받아들고서 말했다.

"팁이라니, 이런 건 영화에서나 봤어요! 뭐 더 필요한 거 있으신가요?"

"아니요. 필요한 거 없습니다. 그저 어린 나이에 열심히 일하는 모습이 보기 좋아서 그렇습니다."

그러자 종업원이 갑자기 내 맞은편 의자를 꺼내고 앉더니 자기소개를 하며 물었다.

"내 이름은 강슬지예요. 그쪽은 처음 보네요. 꼭 이 동네 사람이 아닌 것 같아요."

"네, 저는 멀리 삽니다. 오늘 국민학생 때 담임을 뵈려고 이 동네에 들른 겁니다."

"표정이 어둡고 먹먹해요. 제가 사람 표정 알아보는 눈이 있거든요."

"아, 그게 그럴 사연이 조금 있어서 그렇습니다."

"그 사연이 뭔지 말해주면 제 궁금증이 말끔히 해결되겠군요."

처음 받아본 팁이 고마워서인지, 원래 오지랖이 넓은 건지는 모르겠지만 종업원은 자꾸 나에게 말을 걸었다. 자세히 보니 종업원이 나쁜 사람 같지는 않았고 인상도 좋았다. 그저 한 번 스치고 말 사람이라고 생각하고 답답한 마음을 조금 털어놓아도 될 것 같아 사연을 풀어놓았다.

"사는 동안 그 일을 생각하지 않으려고 했습니다. 모두가 그랬다고, 나만 그런 거 아니라고 애써 눌러가면서 말입니다. 그런데 어른이 되고, 그 선생만 한 나이가 되니까 마음이 더 아려옵니다. 그 나이 먹을 대로 먹은 선생이 열한 살짜리 학생 뺨을 내리친 게 얼마나 정신 나간 짓인지 이 나이 되어보니까 더 절절히 느껴지는 거죠. 지워지지 않는 한이 되어서 여기저기 수소문까지 해서 그 선생을 찾아갔습니다. 그 선생이 여기 시골 마을에 귀농해 살고 계셨기에 제가 오늘 찾아온 거고요."

"그 선생이 우리 마을에 사는군요. 누굴까요? 우리 마을엔 사람들이 많은데."

내 말을 듣고 있는 종업원의 반응이 어쩐지 이상했다. 눈동자는 텅 비어 있고, 말투도 일반적이지 않은 듯했다. 그러나 한번 꺼내놓은 이 사연을 여기서 멈출 수도 없었다. 게다가 상대방 반응이 어떻든 한번 답답한 마음이 터지자 나는 계속 이야기를 할 수밖에 없었다.

"정중하게 찾아뵙고 허심탄회하게 털어놓았어요. 어린 시절의 상처가 지워지지 않아서 이 나이까지 마음을 앓고 있다고요. 진심으로 사과를 원한다는 말과 함께요."

"사과를 하던가요?"

"아니요, 따귀를… 한 번 더 맞았어요. 사랑의 매도 구분 못하는 덜떨어진 놈이냐면서, 덕분에 버섯 먹게 된 걸 감사하게 여기라는 말과 함께요…. 제 이야기는 끝입니다. 나이 먹은 아저씨가 풀어놓는 지루한 이야기 들어주셔서 고마워요. 이렇게라도 털어놓으니까 좀 낫네요. 그럼 저는 이만 가보겠습니다."

"그렇군요. 그래서요? 그다음은 어떻게 되나요?"

뭐가 어떻게 되냐는 건지, 무슨 말인지 알 수 없어 그 종업원만 바라보고 있자 종업원이 신난 듯이 재잘거리기 시작했다.

"모르시면 제가 알려드릴게요! 노인정에 가서 화채 파티를 하는 거예요. 은사님과의 추억을 보관하고 싶다면서 직접 화채를 만들어 가져가세요. 처음부터 끝까지 본인이 화채 퍼주는 모습을 삼각대 세워놓고 촬영해야 해요."

"아니 아까부터 제 이야기 뭐로 들으신 겁니까? 저는 그놈을 은사라고 부르기도 싫습니다! 은사님과의 추억은 무슨!"

"노인정에 보통 노인네들은 스무 명 남짓이지만 화채는 곰솥만 한 통에 가득 만들어 가야 해요. 단체 급식에서 국 담을 때 쓰는 스테인리스 통이 좋겠네요."

"저기요, 은사고 뭐고 화채 파티고 뭐고 안 합니다!"

"화채는 사이다에 오미자청을 섞어 붉게 만들어야 해요. 그래야 버섯 진액을 터트려 섞었을 때 티가 안 나니까요."

"화채 파티고 뭐고 안 한다니… 네? 화채에 버섯 진액이요?"

"붉은사슴뿔버섯은 우리 뒷산 등지에 널리고 널렸지요. 그게 없으면 미치광이버섯도 좋고 광대버섯도 좋죠."

모두 뉴스에서 여러 번 이름을 들어본 맹독 버섯들이었다. 나는 어안이 벙벙한 채 다시 강슬지라는 종업원만 바라봤다. 내 앞의 종업원은 계속 재잘거리며 말했다.

"비닐봉지에 버섯 진액을 담아 묶어서 작은 물 풍선처럼 만들어요. 버섯 진액 풍선은 화채를 담기 전에 스테인리스 통 손잡이 바로 밑바닥에 접착제로 붙여놔요. 그리고 화채를 담을 국자의 머리 끝에도 바늘을 접착제로 붙여놔요."

"설마… 설마 지금…."

"다른 노인네들에게는 화채를 조심조심 떠줘야지요. 마지막으로 은사님에게 화채를 퍼준다고 하면서 그때 국자를 통 깊이 넣어요. 물 풍선처럼 만들어놓은 비닐봉지를 국자 바늘 끝으로 여러 번 팡팡 터트린 다음에 국자로 꾹꾹 누르고 버섯 진액을 휘휘 섞어서…."

그 종업원은 신이 나서 계속 이야기를 이어나갔지만 더 이상 들리지 않았다. 버섯 진액이 들어간 화채를 먹고 고통스러워하는 담임을 상상하자 내 눈에는 눈물이 고였다. 난 이 눈물이 어떤 의미의 눈물인지 스스로도 알 수 없었다. 그 선생은 옛날에 내 따귀를 수없이 때리며 이런 말을 했었다. 별 볼 일 없는 놈의 새끼가 까불고 있다고.

그냥 욕지거리로 뇌까린 말인지 정말 우리 아버지 직업을 갖고 한 말인지는 알 수 없었다. 한 가지 확실한 건 그 선생은 집안 좋은 애들을 편애하기로 유명했었다는 사실이다. 우리 아버지 직업이 반장네 아버지처럼 좋았다면 난 절대 따귀를 맞지 않았을 건 분명했다.

이느새 종업원은 말을 멈춘 채 우는 나를 물끄러미 보고 있었고 나는 얼른 눈물을 훔쳤다. 그러나 이 나이에 창피하게도 자꾸 눈물이 나서 눈앞이 흐려졌다. 눈물 때문에 흐려진 시야에는 카페 구석에 웅크린 채 뺨을 감싸 쥐고 울고 있는 남자아이가 보이는 것도 같았다. 그 남자아이를 보자 나도 모르게 입에서 서러운 울음소리마저 흐르기 시작했다.

꽃꽂이 이야기

비 오는 주말 오전, 읍내 구석에 있는 작은 카페에서 현주를 기다리고 있었다. 이 카페는 오다가다 지나쳐만 봤지 직접 방문한 것은 처음이었다. 허름한 외관처럼 좁은 공간과 조잡한 인테리어가 신경에 거슬렸다. 알바생인 여자는 내 또래로 보였는데, 주문을 받을 때도 의미 모를 미소를 띠고 있어 괜히 기분이 썩 좋지 않았다.

　평소처럼 읍내 사거리의 깔끔한 프랜차이즈 카페에서 만나자고 하려 했지만 갑자기 온 비 때문에 허둥지둥 들어온 카페였다. 내부를 이리저리 둘러보다가 바로 왼쪽 벽에 걸린 나무 액자에 시선이 갔다. 액자 안에는 날개를 펼친 새 그림이 하나

그려져 있고 밑에는 검정색 붓글씨로 뭐라고 써져 있었다. 읽어보니 '사랑하는 이에게 새장이 아닌 둥지가 되어주세요'라는 글귀였다. 어디선가 들어본 흔하고 뻔한 교과서적인 말이었다.

시계를 보니 약속 시간이 10분이나 지나 있었다. 아직도 안 오는 현주에게 전화하기 위해 휴대폰을 들었다. 그때 문에 달린 종이 울리면서 현주가 상기된 얼굴로 웃으며 들어왔다. 오랜만에 보는 내 여자 친구 현주. 언제나 사랑스러운 나의 현주. 현주는 맞은편에 앉아 대뜸 나에게 이런 말을 건넸다.

"나 이거 말하고 싶어서 죽는 줄 알았어!"

"연락하지."

"전화로 말하고 싶지 않았어. 왜냐면 중요한 얘기거든. 얼굴 보고 얘기하고 싶어서 여기까지 왔잖아."

"뭘 얼굴 보고 얘기하고 싶어서 여기까지 와. 여기가 네 집이잖아, 서울이 아니라. 서울에서 잠깐 사니까 서울이 집인 것 같아?"

문을 열고 들어올 때부터 상기된 현주의 얼굴에서 불길한 예감이 전해져 방어적인 말이 튀어나왔다. 직감적으로 현주가 무슨 말을 할지 예상이 되자 심장이 쿵쿵거렸다. 현주는 조금 주눅 든 표정으로 말을 이었다.

"아니, 여기가 내 집이지. 그런데 곧 서울로 다시 가야 해."

"서울로 다시 간다고?"

"응. 놀라지 마! 나 서울에서 두 번째로 큰 파충류 카페에 파충류 관리사로 취업했어!"

"자격증도 따더니 잘됐네."

입에서는 잘되었다는 말이 나왔지만 마음은 그게 아니었다. 불길한 예감은 맞았고 현주는 나를 이곳에 놔두고 꿈을 향해 날아오르려 하고 있었다. 나는 무엇과도 바꿀 수 없는 현주의 반짝이는 눈동자를 보며 한 가닥 희망을 걸고 물었다.

"아버지가 서울로 가서 사는 거 허락하셔?"

"응, 서울에서 파충류 관리사로 3년만 일하고 오면 아빠가 여기에 파충류 카페 크게 내준대!"

나는 3년이라는 말에 저려오는 마음을 숨기고 코웃음을 치며 비아냥거렸다.

"야, 이런 시골에서 무슨 파충류 카페야. 당장 냇가에만 가도 개구리가 우글거리는데."

"개구리는 양서류야. 그리고 난 커다란 육지 거북이랑 해외에만 있는 뱀이랑 카멜레온을 들일 거야."

현주는 머릿속에서 한시도 잊지 않은 꿈을 떠올리며 이어서 말했다.

"전문 바리스타를 들이고 정글을 모티브로 인테리어도 할 거야."

"그래. 하도 들어서 이젠 지겹다, 지겨워."

"사실 네가 걱정하는 게 뭔지 알아. 자격증 따러 가기 전에 아빠한테 말했을 때 아빠도 똑같이 말씀하셨어. 이런 시골에서 파충류 카페가 잘 되겠냐고."

"그래서?"

"나는 아빠한테 차근차근 설명했어. 이 카페는 현지인을 목표로 하는 게 아니라, 관광객을 목표로 하는 거라고. 요즘은 SNS랑 블로그의 시대잖아. 이 동네에 왔기 때문에 우연히 파충류 카페에 들르는 게 아니라, 파충류 카페를 보고 이 동네에 오게 될 거라고 아빠한테 설명했어. 카페만 멋있고 괜찮으면 충분히 가능하다고, 몇 년 안에 꼭 그렇게 될 거라고, 날 믿어 달라고 말씀드렸어."

지켜본 바로는 현주 아빠는 무남독녀 외동딸인 현주 말을 언제나 최우선으로 들어주는 분이었다. 현주네 집은 축산업을 크게 하고 있는데, 동네에서도 알아주는 큰 부자였다. 현주가 재잘거리며 말을 이었다.

"그랬더니 아빠가 '그러면 네가 꿈에 확신이 있는지 아빠가 지켜봐야겠어'라며 서울로 가라는 거야. 여기는 시골이어서 안 된다고, 서울로 가서 시야를 넓히래. 서울에 있는 파충류 카페에 일자리를 구해서 딱 3년 일하면서 카페 돌아가는 것도 좀 배워오면 인정해 주신댔어. 생각하고 실전은 다르다는데 나도 그 말이 맞는 것 같아서."

"그래서?"

"그래서 그럼 자격증부터 따겠다고 말씀드렸더니 아빠가 지원해 주신다고 해서 이번에 딴 거거든!"

내 오랜 여자 친구인 현주는 고향인 이 지역을 떠나 한동안 서울에서 자취를 하며 파충류 관리사 자격증을 준비했었다. 비록 민간 자격증이기는 했지만 이 자격증이 현주의 오랜 꿈인 파충류 관리사가 되는 데 도움이 된 건 사실인 것 같았다.

현주가 자격증도 따고 서울에 원하는 일자리를 구한 건 잘된 일이었지만 막상 내 마음에는 창밖 풍경처럼 추적추적 소낙비가 내렸다. 엄마 병원비며 동생들 학비 마련하느라 하루하루 의미 없는 일을 뼈 빠지게 하는 내가 듣기엔 꿈이란 너무 동화 같은 단어였다. 나는 현주를 좋아했지만 이럴 때마다 내가 넘을 수 없는 현실의 벽을 느끼고는 했다. 현주는 착하고 예뻤지만 내 외로움과 고됨을 완전히 공감할 수 없는 다른 세상의 공주님이었다. 진작 해야 했던 말을 조금 충동적이었지만 오늘 기어이 꺼냈다.

"우리 헤어지자. 어차피 네가 서울 가면 떨어져야 하잖아.

3년씩이나."

"아니, 난 너 군대도 기다려줬잖아. 좀 이해해 주면 안 돼?"

"나는 이 시골 치킨 너깃 공장에서 너깃 튀기고 있을 동안 너는 서울에 살겠다고? 그 잘난 너의 꿈 이루려고?"

"뭐? 내 꿈에 대해서 어떻게 그렇게 말할 수 있어? 내 어릴 적부터 꿈인 거 너도 알잖아!"

현주가 상처받았는지 언성을 높였다. 열등감을 감추려고 나도 모르게 빈정거리다가 아차 싶었지만 사과하기에는 자존심이 허락하지 않았다. 당황했지만 다시 한번 강수를 두었다.

"우리 그만 만나자."

"다시 한번 생각해 줘."

"좋겠다, 너는. 돈 많은 아빠 둬서 현실감 없이 제멋대로 살 수 있어서 좋겠다고."

"…그래, 돈 많아서 좋아. 그래서 너 생활비며 어머니 병원비까지 내가 그동안 보태줬어."

열등감 때문에 내지른 말이었는데 현주는 의도치 않게 내 열등감을 더 건드리고 있었다. 할 말이 없어져 더 뻔뻔스럽게 나갔다.

"그건 고마워. 근데 너 선의로 그런 거잖아. 돌려받을 생각은 마."

"돌려받으려고 그러는 거 아니야. 나 3년만 좀 기다려줘."

"난 못 기다려. 헤어져."

현주가 자존심을 모두 내려놓고 말했다.

"그러면 친구로라도 지내줘."

나는 그런 현주를 두고 짜증난다는 듯 가방을 챙긴 후 카페 문을 열고 나가버렸다. 닫히는 문틈 사이로 현주가 엉엉 우는 소리가 들렸다.

집에 와서 며칠 동안은 먼저 연락해서 사과할까 많은 갈등이 있었지만 여기서 숙이고 들어갈 수는 없었다. 내가 먼저 현주에게 매달리는 순간 현주를 영영 떠나보내야 될 것 같았다.

버티며 기다리니 예상대로 현주가 먼저 연락을 해왔다. 현주는 제발 헤어지지는 말자며 애원했다. 나도 내심 미안했지만 아무것도 가진 게 없는 나는 현주가 이렇게 매달릴 때만 마치 사랑을 확인받는 기분에 안심이 되었다. 미안하다는 말을 숨기고 그 후로도 현주의 연락을 셈하듯 밀고 당기며 받아주고는 했다.

어느 날, 서울로 한번 오라는 현주의 말에 여행하는 기분으로 주말에 놀러 갔다. 현주와 놀이동산이며 남산 타워며 여기 저기 다니면서 애틋한 감정도 회복한 행복한 하루였다.

현주가 카페에 앉아서 잠시 쉬자고 해 근처 아무 카페에나 들어갔다. 주문을 하고 앉아 나는 감탄하며 말했다.

"와, 서울 카페는 진짜 세련됐네. 메뉴도 많고."

"응. 나도 서울 와서 보고 배우는 게 많아."

"많이 배워. 다 공부가 되는 거잖아. 넌 잘할 거야."

"뭐야? 내 꿈 응원해 주는 거야?"

현주를 마주 보고 있자니 지금이야말로 사과를 해야 하는 타이밍이라는 직감이 들었다. 나는 현주에게 미안하다며 너를 믿었다면, 응원한다면 그때 헤어지자고 해서는 안 되었다고 말했다. 그 말을 가만히 듣고 있는 현주의 눈동자가 잘게 흔들렸다.

고개를 살짝 들어 그런 현주의 표정을 확인하니 내 말이 확실히 먹혀 들어가는 것 같아 속으로 쾌재를 불렀다. 사실 나는 현주를 감동시킨 다음 시간을 두고 있는 힘껏 설득해 볼 생각이었다. 꿈 대신 나를 선택할 수는 없느냐고, 장거리 연애가 말만 쉽지 거리가 멀어지면 마음도 멀어지는 법이라고 말이다. 우선 사과를 해서 마음을 견고히 한 다음 시간 차를 두고 세차게 흔들어본다면 승산은 있었다. 만약 안 통한다면 그때는 어떻게 해서든 또 다른 강수를 생각해 내야 했다. 나는 우선 최대한 진심 어린 표정으로 사과를 이었다.

"내가 그때는 미안했어. 나랑 너는 처지가 많이 다르니까 나도 모르게 말이 안 예쁘게 나왔어. 정말 미안해. 그리고 사랑해."

내 연기가 통했는지 현주가 뺨 위로 눈물 한 방울을 흘렸다. 사랑한다는 말 한마디에 이렇게 감동 받다니 나도 마음이 찡해졌다. 역시 현주는 돈도 많고 예쁘고 착한, 세상에 하나밖에 없는 내 여자 친구였다. 이렇게 사랑스러운 여자 친구를 그깟 파충류 관리사라는 꿈 때문에 떠나보내야 한다니 말도 안 되는 소리였다.

그런 생각을 하고 있는데 현주가 뜬금없이 사과를 했다.

"정말 미안해."

"응? 뭐가 미안해?"

"그때 헤어지자고 한 카페에서 네가 날 두고 나갔을 때, 그 카페 종업원이 나에게 말을 걸었어."

"그래? 그 사람 좀 이상하던데…, 표정도 그렇고 말투도. 너한테 뭐라고 했어?"

갑자기 이야기가 이상한 쪽으로 튀는 것 같았지만 일단 잠자코 들었다.

"응. 갑자기 와서 나에게 친한 척 말을 걸더라고. 자기도 카멜레온을 좋아하는데 한 번도 실제로 본 적은 없대. 초등학교 4학년 때 도서관에서 파충류 도감으로밖에 못 봤다면서. 그때부터 자기는 장래 희망이 카멜레온이었대."

"카멜레온처럼 환경에 잘 적응하고 여러 가지 모습을 갖춘 그런…."

"아니, 그냥 카멜레온. 그게 장래 희망이었대."

"어릴 때라서 순수하네."

"지금까지 장래 희망이래. 자기가 언젠가 카멜레온이 되면 내가 열 파충류 카페에서 머물러도 되냐는 거야. 아무 말이나 하다 보니까 걔랑 조금 친해졌어. 걔가 나보고 예쁘다면서 취미가 뭐냐고 묻더라. 나는 꽃꽂이라고 했어."

읍내에 얼마 전에 새로 생긴 꽃집에서 원데이 클래스인가 뭔가를 정기적으로 연다는 것은 알고 있었다. 현주도 서울로 올라가기 전까지는 그 원데이 클래스에 정기적으로 참여해 꽃다발이며 꽃바구니를 나에게 선물로 자주 줬었다. 나는 그 꽃을 볼 때마다 씁쓸했다. 엄마는 아파서 누워 있고 당장 생활비는 없는 좁은 집에 덩그러니 놓인 커다랗고 화려한 꽃다발은 내 처지와 어울리지 않았다. 내 기준으로는 아무 짝에도 쓸모없는 꽃을 위해 내 여자 친구는 한 번에 7만 원이 넘는 돈을 아무렇지도 않게 지불한다는 게 쓴웃음 나는 현실이었다. 나는 표정이 조금 어두워져서 대꾸했다.

"어."

"그 종업원도 꽃꽂이를 해보고 싶다고 하더라. 장미를 좋아한내. 나는 말했이. 기시에 많이 찔릴 거라고. 장미 처음 다듬어보는 사람 중에 가시에 많이 안 찔리는 사람 본 적 없다고."

현주가 망설이다 말을 이었다.

"…그 여자애가 나보고 서울로 올라가면 홈 CCTV를 사래."

"집에 설치하는 CCTV? 혼자 살면 필요하지. 도둑이 들 수도 있고."

"그리고 꽃 시장에 가서 꽃꽂이 할 장미꽃을 사래."

현주는 눈에 두려움을 담고 이해할 수 없는 말을 주절주절 계속 내뱉고 있었다.

"그리고 뱀을 한 마리 애완용으로 사래. 맹독사로. 미안해, 잠깐 흔들렸어."

"무슨 소리를 하는 거야?"

"우리 헤어지자."

"뭐라고? 잠깐만, 무슨 말인지 알아듣게 설명 좀 해봐."

"홈 CCTV를 켜놓은 상태에서 소리 녹음 기능은 꺼놓고 널 내 자취방으로 초대하랬어. 장미꽃을 미리 사놓고 너랑 저녁에 몇 시간 꽃꽂이를 같이 하라는 거야. 취미를 같이 하자고 하면서."

나는 이 이야기가 어디로 갈지 전혀 짐작하지 못한 채 차근 차근히 머릿속으로 그려보며 들을 수밖에 없었다. 현주는 이성 을 잃고 계속 횡설수설하며 말을 이었다.

"그리고 나더러 화장실로 가서 문을 닫고 너에게 큰 소리로 부탁을 하래. 냉장고에 해동시켜 놓은 얼린 쥐를 뱀 먹이로 좀 주라고. 애완용 뱀이어서 독 없으니까 안심하라고."

불안한 마음에 다리가 덜덜 떨려왔다. 무슨 말인지 이해하지 못한 것인지, 이해하기 싫은 것인지 나조차 알 수 없었다. 머릿속이 새하얗게 바뀌고 있었다. 현주는 멈추지 않고 말했다.

"네가 뱀 사육장 문을 열고 손을 넣어 뱀 먹이를 주면 나는 화장실 안에서 이렇게 외치는 거야."

"뭐라고… 외치는데?"

"너 손가락이 조금 부어 있던 것 같은데 장미 독 같아. 식물 안 맞는 사람도 있거든? 야간 진료하는 병원에 지금 당장 가 봐. 여기서 걸어서 20분 거리에 있어. 여기 택시 잘 안 잡히니까 서둘러 걸어갔다 와."

이제야 머릿속에 그림이 완성되었다. 무슨 말인지 이해되어 잡고 있던 현주의 손을 놓았다. 나도 모르게 탁자 밑으로 숨긴 손에 힘이 들어가면서 주먹이 쥐어졌다.

"그리고?"

"…다음 날 경찰이 오면 말하래. 내가 화장실에 있을 때 너는 아무 말 없이 나가서 지금까지 돌아오지 않았다고. 전화를 했지만 받지도 않았다고. 난 뜬눈으로 기다릴 수밖에 없었다고."

주먹에 힘이 점점 더 들어갔다. 그에 반해 내 목소리는 차분했다.

"그리고?"

"그리고 경찰이 네가… 미안해."

"말해."

"미안해."

"말하라고."

"경찰이 네가… 뱀독이 퍼져 사망했다고 하면… 너는 뱀에 물렸다는 말을 하지 않았다고. 그런 말을 했다면 내가 당장에 구급차를 불렀을 거라고."

현주는 불안한 듯이 손가락을 쥐어뜯으며 시선을 여기저기로 가만 두지 못한 채로 이어 말했다.

"그거 알아? 뱀은 독을 압력으로 내뿜는 능력은 없어. 이빨로 물면 물려서 벌어진 피부 사이로 삼투압 현상에 의해 독이 스며드는 거야."

아무 말도 못하는 나를 향해 현주가 하지 말아야 될 마지막 말을 내뱉고 말았다.

"미리 네가 꽃꽂이 할 장미 가시에 뱀독을 잔뜩 묻혀놓으라고 했어. 장미 처음 다듬어보는 사람 치고 안 찔리는 사람 없으니까…"

나는 그 말을 듣자마자 눈이 뒤집혀서 고래고래 소리를 질렀다.

너 지금 무슨 말을 하는 거냐고, 너 나 죽이고 싶었냐고! 지금 자취방 가보자고, 홈 CCTV인지 장미꽃인지 맹독사인지 진짜 있는 거 아니냐고! 봐야겠다고! 경찰 오면 홈 CCTV 보여주면서 내가 혼자 뱀 사육장에 손 넣어서 물리고는 아무 말 없이 나갔다고 거짓말 할 거였냐고! 너 정말 나를 죽일 거였냐고!

한참을 소리 지르자 카페 종업원이 나를 강제로 끌고 밖으로 나갔다. 그 틈을 타서 현주는 도망갔다.

그 후로 현주는 번호를 바꾸고 잠적했다. 주변 사람들한테 말해봤지만 아무도 믿어주지 않았다. 답답한 마음에 그 카페에 가서 강슬지라는 종업원에게 조목조목 따졌지만 그 종업원은 끝까지 모르쇠였다. 결국 아무것도 하지 못한 채 시간만 지나고 말았다. 그러나 나는 시간이 많이 흐른 지금도 이 일을 생각하면 현주와 카페 종업원의 얼굴이 선명하게 떠올라 숨이 가빠지고 손이 떨려온다.

복어 식당 이야기

저녁 6시가 되어 복어 식당 주방 아르바이트가 끝나고 집에 가는 길이었다. 나는 억울함과 분노가 머리끝까지 치밀어 이런 기분으로는 도저히 집에 들어가고 싶지 않았다. 저녁 밥상을 차리고 기다리고 있는 엄마와 퇴근한 아빠 얼굴을 아무렇지 않게 마주 볼 자신이 없었기 때문이다.

한참을 걷다 사거리에 이르자 맞은편에 경찰서가 보였다. 그 앞에서 한참 망설였지만 언제나 그렇듯이 고민과 걱정만 켜켜이 쌓여서 차마 들어가지 못했다. 정처 없이 걷다가 목이 말라서 눈에 보이는 아무 카페에나 들어갔다. 카페에 들어가 탄산수를 하나 집고 치즈케이크도 하나 주문했다. 카운터에 있는 아르바이트생에게 탄산수는 먹고 갈 거고 치즈케이크는 포장해 달라고 말했다.

'엄마가 커피랑 함께 치즈케이크 드시는 걸 좋아하시니까.'

카페 아르바이트생이 카드를 받아 결제하고는 나에게 카드를 돌려주며 말했다.

"근데 케이크 담을 그릇 안 가져오셨어요? 왜 안 가져오셨어요?"

무슨 소리인지 못 알아듣고 가만히 있자 아르바이트생이 덧붙였다.

"저희 카페에서는 '용기내 챌린지'를 하고 있는데, 모르셨어요?"

"용기내… 챌린지가 뭐예요?"

"환경보호를 위해 일회용 포장 용기 대신 손님이 가져온 그릇에 담아줘요. 다음엔 그릇 가져오세요."

"아… 네…. 죄송합니다."

"죄송할 짓을 왜 하세요?"

아르바이트생은 내가 뭐라고 대답할 새도 없이 등을 돌려 냉장고에서 케이크를 꺼내 일회용 포장 상자에 담기 시작했다. 이게 무슨 상황인가 싶었지만 아무 말 못하고 할 말을 꿀꺽 삼켰다. 선에 이 근처 어떤 키페에 좀 이상한 아르바이트생이 있다는 소문을 듣긴 했는데 그게 이 카페인가 싶기도 했다. 나는 탄산수와 포장된 케이크를 받아 들고 떨떠름하게 자리에 앉았다. 휴대폰을 확인하자 친구 세림에게 알바 끝났느냐는 카톡이 와 있었다. 나는 답답한 마음을 이기지 못하고 전화를 걸어 하소연을 시작했다.

"너무 짜증 나. 나 알바 하는 식당 사장이 어제는 어땠는지 알아? 갑자기 나보고 악수를 하자는 거야. 그러더니 내 손을 갑자기 세게 꽉 쥔다? 깜짝 놀라서 이게 뭔 일인가 하고 가만히 있었어. 그랬더니 뭐라는 줄 알아? '손이 엄청 섹시하네. 아플 텐데도 참고 있고.' 이러면서 혼자 킬킬대, 미친 새끼가!"

–뭐? 그게 40대 중반 아저씨가 대학생한테 할 말이야?

"그리고 주방 일 하고 있으면 알려주는 척하면서 뒤에서 안아! 그리고 뭐 묻은 거 털어준다면서 내 가슴 쪽 털어줘! 살짝살짝 만지면서, 음흉하게 웃으면서!"

끓어오르는 분노와 답답함 때문에 어느새 통화하는 목소리가 커진 것을 느꼈지만 데시벨 조절이 어려웠다. 그나마 다행히 카페에는 손님이 없어서 나와 카운터에 앉아 있는 아르바이트생뿐이었다.

–야, 싫다고 말해야지.

"말했어. 손 쳐내면서 말했단 말이야. 그랬더니 찔리는지 엄

113

청 화내면서 묻지도 않은 이야기를 주절대는 거야. 자기 사촌 형이 여기 군수라면서 이상한 소문내면 자기도 가만히 안 있을 거래!"

－뭘 어떻게 가만 안 있을 거래?

"나에 대해서 똑같이 안 좋은 소문낼 거래!"

－뭐 꽃뱀이라느니 그딴 소문내는 거 아니야? 빨리 그만둬.

"아, 나 아르바이트 가기 싫어. 이번 달까지만 하고 그만두고 싶은데, 괜히 안 좋게 그만두었다가 진짜 이상한 소문내면 어떡해."

내가 나고 자란 동네를 비하할 마음은 없지만 여기는 이웃집 숟가락 개수도 훤히 들여다보고 있었고, 사고방식이 조선시대에 머물고 있는 동네 노인들끼리 쑥덕대는 소문에는 별말이 껴 있었다. 예전에 비슷한 일이 불거졌을 때, 동네 사람들이 피해자를 흉보는 말도 함께 숙덕거렸던 걸 아는 나는 아무 행동도 못 하고 있었다. 세림이 수화기 너머로 물었다.

－야, 너희 동네 왜 그러냐?

"진짜 시골 동네야. 소문 한번 나면 끝이야. 소문 잘못 나서 우리 부모님 얼굴에 먹칠하면 어떡해.

－아니 피해자는 넌데 왜 그런 걱정을 해?

"분명 이린 동네에서는 아니 땐 굴뚝에 연기 나겠냐며 나까지 이상한 말 떠돌아."

　―근데 사촌 형이 군수라는 거 거짓말 아니야?

　"아니, 진짜야. 이틀 후에 지역 방송국에서 맛집이라고 촬영
와. 그 군수가 지역 방송국 국장하고 잘 아는 사이래.

　―어이없네?

　"군수도 촬영 날 와서 복어 전골이랑 찐만두랑 먹기로 했어
우연히 방문한 척 하면서!"

　―뭐야, 방송 다 연출이네. 힘내. 그나저나 우리 내년에 실습
있잖아. 준비는 잘 되어가?

　"나 피도 잘 못 뽑는데 실습을 어떻게 가. 간호학과 괜히 왔
나 봐. … 내가 하소연하느라 시간 너무 잡아먹었지? 이제 끊
자. 남은 방학 잘 보내고 개강 때 봐."

　세림과 통화를 종료하고 카페 테이블에 팔베개를 하고 얼굴
을 묻었다. 복어 식당에서 주방 아르바이트를 한 지 한 달밖에
안 됐는데 사장의 성희롱과 성추행 때문에 매일 울고만 싶었
다. 세림에게 통화로 하소연을 하니 감정이 북받쳐 올라서 실
제로도 눈물이 한두 방울씩 흐르기 시작했고 나는 휴지로 코를
팽 풀었다.

　드르륵.

그때 누가 맞은편 의자를 빼는 게 느껴졌다. 고개를 들자 카페 아르바이트생이 맞은편에 앉아 있었다.

"안녕. 내 이름은 슬지야, 강슬지. 울고 있어서."

카페 언니가 눈물범벅인 나를 재미있다는 듯이 보고 있었다.

'설마 사람이 울고 있는데 재미있게 보고 있으려고?'

기분 탓이라고 생각하며 내가 우니까 걱정되어서 왔구나 싶었다. 좀 이상한 사람 같았지만 그래도 신경 써주니 고마운 마음에 눈물을 황급히 닦으며 말했다.

"그게 제가 그냥 안 좋은 일이 있어서요."

"통화 들었어. 간호학과라고?"

나는 목소리가 너무 컸나 싶어 겸연쩍게 웃으며 말했다.

"아 들으셨어요?"

"귀를 막고 있을 수는 없잖아?"

"네?"

"귀를 막을 수는 있다고 해도 내가 왜 귀를 막아야 해?"

"아니 저는…."

"요즘 간호학과는 뭘 배워?"

아르바이트생이 왜 나에게 이러는지 알 수 없었다. 우는 걸 보고 걱정이 되어서 다가왔으니 친밀감과 좋은 마음일 텐데 불쾌감이 밀려오는 건 사실이었다. 언제 봤다고 격의 없이 편하게 말을 하는 건지. 자리를 피하고 싶었지만 왜 내가 그렇게까지 해야 하나 싶은 생각이 들었다. 내 대답을 기다리는 그녀에게 우선 떨떠름하게 대답을 해주었다.

"1학년 때는 이론 중심으로 배우고 2학년 때는 피 뽑는 거 등등 실제로 배우고 3학년 때는 병원으로 실습 가요. 4학년 때는 취업하고요."

"넌 몇 학년인지부터 말해야지."

"아, 저는 2학년이에요."

"아 그래? 의외네. 취업 준비할 때인가 했는데. 동안이라는 소리 평생 못 들어봤지?"

"그게 무슨…."

"아님 휴학 몇 년 하고 복학한 2학년인가?"

대뜸 이어지는 무례한 말에 도대체 이게 뭔 상황인가 싶었고 기분이 나빠져 짐을 주섬주섬 챙기며 말했다.

"저, 제가 일이 있어서 가봐야 해요. 대화 즐거웠습니다."

"무슨 일?"

"그러니까…."

"그러니까 무슨 일?"

"집에 일이 있어서요."

"무슨 일?"

"엄마한테 아까 전화가 와서 빨리 들어오라고…."

"통화 기록 보여줘 봐."

처음 만난 사이에 왜 이러나 싶어 등골이 서늘했다. 이상한 사람에게 잘못 걸린 것 같았다. 그렇다고 사람을 앞에 두고 다짜고짜 도망갈 수는 없는 일이었다. 궁지에 몰려 아무 대답도 못 하고 있는데 아르바이트생이 아무렇지도 않게 말했다.

"간호학과면 주사기도 갖고 있겠네?"

대답을 할까 말까 망설이는데 내 대답은 애초에 중요하지 않다는 듯 아르바이트생이 눈을 빛내며 물었다.

"멋있다, 주사기. 피도 뽑고 약물도 주사하고. 사람 피 뽑을 때 기분이 어때?"

"아… 그냥 긴장되고 제가 아직 혈관을 잘 못 찾아서 여러 번 찔러야 하면 미안해지고… 그렇죠, 뭐."

"피가 주사기를 타고 올라올 때 기분이 어때? 듣고 싶어. 나는 피를 뽑아본 적이 없으니까."

"뭐가 어떠냐고요?"

"주사기 안에 빨간색 피가 차오르잖아, 빨간색 피가. 그러면 어때?"

나는 당황스러워서 시선을 다른 곳으로 돌렸다. 그런데도 맞은편의 시선이 집요하게 내 얼굴에 따라붙는 것을 느낄 수 있

었다. 아르바이트생은 대답을 끈질기게 기다리고 있었고 나는
어떤 대답을 해야 할지 몰라 한참을 정적 속에 있었다. 속이 뒤
틀리고 쓰려왔다. 심적 부담감이 신체적 증상으로 발현되는 이
걸 전공 책에서는 뭐라고 했더라. 나도 모르게 인상을 쓰고 있
다는 것을 깨닫고 황급히 표정을 풀었다. 아르바이트생은 활짝
웃으면서 여전히 대답을 기다리고 있었고 나는 아무 말이나 해
야 했다.

"아… 피가 그냥 피죠. 저는 실습 평가 준비하느라고 가족들
피 많이 뽑아봐서 무덤덤해요."

"너 복어 식당에서 일하는 애지? 주방에서 일하려면 힘들겠
다. 공부하면서 일도 하고 기특하네."

나에 대해 어느 정도 알고 있으면서 기특하다는 말도 하는
걸 보니 전에 스쳐 갔던 친분이 있는 사람인데 내가 기억을 못
하나 싶었다. 얼굴과 이름을 매칭하면서 어릴 적부터의 기억을
되짚어봤지만 도저히 기억나지 않았다. 그래도 원래 연이 있던
사람이니 아까보다는 조금 마음의 경계를 풀고 언제 어떻게 만
났던 사람인지 기억하기 위해 물었다.

"언니는 실례지만 나이가 어떻게 되세요?"

"나는 스무 살."

"네? 스무 살요? 그럼 저보다 어린데요?"

"응, 맞아."

헛웃음이 터졌다. 나보다 어리면서 여태 반말에, 나이 들어 보인다고 돌려 깠다니. 역시 소문에 들리던 이상한 아르바이트 생은 이 여자가 틀림없었다. 더 이상 말을 섞고 싶지 않아 짐을 챙겨 일어나자 여자가 다급하게 말을 걸었다.

"성추행 당하고 있다며? 너 그거 알아? 경찰에 성추행으로 신고해 봤자 사장 사촌이 군수면 이런 동네에서는 제대로 처벌도 안 되는 거."

"제가 알아서 하겠습니다. 그리고 반말하지 마세요."

"내 말투는 내가 알아서 할게."

"이름이 강슬지라고 했죠? 슬지 씨, 초면이라 제가 예의 갖춰서 말하는 건데요, 저는…."

"내 알 바 아냐."

어안이 벙벙해져서 아무 말도 할 수 없었다. 내가 한참을 아무 말 못하고 있자 슬지가 우습다는 듯 갑자기 박장대소를 터트렸고 그 기괴한 웃음은 끊이지 않았다. 내 상식으론 이해할 수 없는 이 상황에 도저히 어떻게 반응해야 할지 몰랐다. 슬지가 한참을 웃다가 놀리듯이 말했다.

"이러니까 성희롱이랑 성추행을 당하지."

그 말이 내 귓속으로 들어오자 순간적으로 머릿속에서 뭔가가 툭 끊어지는 느낌이 났다. 내 머릿속에는 여러 말들이 실타래처럼 얽혀서 떠올랐다.

'내가 그런 일 당할 만한 사람이라는 말 취소해! 나한테 사과해! 피해자에게 원인이 있다는 말이 얼마나 폭력적인지 알아!'

그러나 머릿속이 점점 새하얘지고 입술이 말라붙어서 속으로 외칠 수밖에 없었다. 손이 쉴 새 없이 덜덜 떨렸다. 그 와중에 슬지가 노래 부르듯 리듬을 실어 말했다.

"난 현명해. 성희롱이나 성추행 당했을 때 너처럼 행동 안 해."

"뭘… 얼마나 현명하게 대처할 건데?"

"알려줘?"

슬지는 혼자 킥킥거리더니 이어 말했다.

"맨입으로?"

이 사람은 한 가닥 희망을 갖고 물어본 나를 완전히 놀리고 있었다. 인내심에 한계가 온 나는 지금에야말로 밖으로 나가려 몸을 문 쪽으로 돌렸다. 그러자 슬지가 자신의 맞은편인 내가 원래 앉아 있던 자리를 가리키며 말했다.

"다시 앉아봐. 나 같으면 성추행 당했을 때 그렇게 대응 안해. 방법을 알려줄게."

별소리 다 들은 마당이니 이번엔 슬지가 또 무슨 말을 하는지 들어나 보자는, 알 수 없는 오기가 생겼다. 대신 또 나를 놀리면 그때는 미련 없이 나가버릴 생각으로 가만히 서 있자 슬지가 말을 이었다.

"나 그 복어 식당 가봤어. 주방 반 오픈형으로 되어 있잖아. 부엌이 반은 홀에서 보이고 구석진 곳은 홀에서 안 보이고. 너는 구석진 곳에서만 일하고 사장은 오픈된 곳에서만 일하고."

복어는 자격증 있는 사람만 조리할 수 있기 때문에 나는 구석에서 찐만두와 냉면만 담당하고 홀에서 보이는 복어 조리대에는 얼씬도 못 하는 게 사실이었다.

"나라면 이렇게 할 거야. 부엌에는 당연히 CCTV가 없겠지. 감시할 게 없잖아. 하지만 홀에는 당연히 CCTV가 있겠지, 그렇지? 군수가 복어 전골하고 찐만두를 먹는다고 했지? 전날에 음식물 쓰레기통에서 복어 난소하고 내장을 빼내서 몰래 집으로 갖고 가."

머릿속에 물음표만 떠올리고 있는 나를 두고 슬지가 아무렇지 않게 이어서 말했다.

"그리고 복어 난소하고 내장을 곱게 갈아서 주사기에 담아."

"…뭐라고?"

"그리고 식당 주인이 군수에게 전골을 요리해서 갖고 나갔을 때나 홀에서 인터뷰 할 때, 아무튼 주방에서 자리를 비웠을 때…."

슬지가 일상 대화를 하듯 차분하게 이어서 말했다.

"만두에 주사기로 독을 찔러 넣어. 사람이 죽으면 가게가 망해. 만두는 만두피로 쌓여져 있어서 만두 접시에서는 독이 검출될 리 없어. 홀에 있는 CCTV를 돌려봤을 때 복어 조리대에 네가 기웃댄 적도 없다는 게 증명되면 아무도 의심 안 해. 사인을 조사해도 복어 독 때문이니 사장이 구속될 거야. 그리고…."

"저기요, 지금 무슨 말을 하시는 거예요! 나에게 지금 그걸 왜 알려주는데! 알려주는 이유가 뭔데!"

"대신에 너의 피를 뽑아서 나에게 선물로 줘. 마셔보고 싶어."

슬지는 고개를 들어 나를 빤히 보고 있었다. 그 진지한 표정을 보고 있자니 다리에 힘이 풀려 서 있기가 힘들었다. 나는 사람을 살리는 간호사가 꿈인 사람이었다. 그런 나에게 사람을 죽일 방법을 알려주는 게 말이 되는가? 게다가 뜬금없이 피를 마셔보고 싶다는 건 뭐지? 황당해서 다시 문 쪽으로 발걸음을 옮기는 나에게 슬지는 혼잣말처럼 읊조렸다.

"중요한 건 어떤 행동이든 해야 한다는 거야."

카페 문손잡이를 잡고 가만히 서 있는 나에게 슬지는 계속 중얼거리고 있었다.

"나도 아무 행동을 못 하곤 했어. 그러다가 어느 순간 용기를 냈고 가만히 있지 않게 되었지."

말을 마친 슬지가 나를 물끄러미 바라보며 대답을 구하고 있었다. 나와 슬지 사이에 정적이 흘렀고 슬지는 아무 말 없이 계속 나를 빤히 보고 있었다. 나는 그 정적 속에서 카페 문을 열고 도망쳐 나왔다. 다시는 이 카페 근처도 지나갈 일 없을 거라고 다짐하면서 집을 향해 앞만 보고 걸었다.

그러다 골목길을 벗어나 사거리에 이르자 다시 경찰서가 보였다. 경찰서 앞에서 발을 멈춰 한참을 고민에 잠겼다. 항상 그렇듯이 고민과 걱정만 계속하다 이번에도 체념하고 경찰서 앞을 지나쳐 걸어갔다. 그러다 문득 걸음을 멈추고 왔던 길을 저벅저벅 되돌아 경찰서 문을 열고 들어갔다. 나도 용기를 내보기로 했다.

경찰서로 들어가 복어 식당 주인을 성범죄로 신고하고 그날부터 복어 식당을 그만두었다. 떨리는 마음으로 정당한 해결을 기다렸지만 군수가 힘을 써준 탓인지 식당 주인은 경찰로부터 주의만 받고 처벌받지 않았다. 들리는 소문으로는 흘리고 다닌다느니 불성실하고 책임감이 없다느니 별 말도 안 되는 이야기로 식당 주인이 나를 욕하고 다닌다고 했다. 엄마가 슈퍼 아주머니에게 나에 대한 소문을 듣고 와서 속상해서 저녁에 술 한잔하시는 길 보고도 나는 아무 말 없이 방에 들어갈 수밖에 없었다.

용기를 냈지만 결과적으로 달라진 건 없었다. 그래도 내가 나를 지키기 위해 행동했다는 사실만으로 나는 이 일을 비교적 잘 털고 일어날 수 있었다. 문득 이 일이 떠오를 때마다 나는 그 사실을 되새겼다. 그것만으로도 위로가 되었고 불안해하는 심장도 다독일 수 있었다.

물론 아무리 다독여보고 시간이 지나도 이 일은 내 안에서 완전히 사라지지는 않았다. 아직도 무의식 어딘가에 이 사건이 꿈틀거리며 살아 있다는 걸 느끼니까.

나는 지금까지도 가끔씩 복어 식당 꿈을 꾼다. 꿈속에서 복어 난소랑 내장을 곱게 갈아 주사기에 넣을 때의 떨림이란! 주사기로 만두에 독을 찔러 넣을 때의 짜릿함 또한 말로 설명할 수 없다. 군수는 찐만두를 먹고 집에 가서 거품을 물며 발작을 일으키고 식당 주인은 살인죄로 의심받는 꿈. 운이 좋아 무혐의를 받는다 해도 사촌 형을 죽였다는 트라우마에 더 이상 칼을 잡을 수 없고 말이다. 지금까지도 항상 입이 귀까지 찢어져라 웃으며 깨는 꿈이었고 깨고 나면 비몽사몽 상태로 꿈이었다는 사실에 아쉬움부터 밀려오고는 했다. 방학이 끝나고 개강을 해 학교 기숙사에서 지내다가 다시 방학이 되어 본가로 내려온 어느 날, 그 골목길을 지나다가 슬지가 일하는 카페를 다시 지

나치게 되었다. 나는 한참을 망설이다가 용기 내어 카페 문을
열고 들어갔다. 그러나 카운터에서 날 맞아준 건 처음 보는 아
르바이트생이었다.

조개탄 이야기

점심시간이 되어 같은 심리학과 동료 교수들과 어느 식당에 가야 할까 하다가 그냥 종합정보관 꼭대기의 교직원 식당으로 향했다. 줄 서서 식사를 받아 자리를 잡고 앉으니 내 옆에는 철학과 교수가 식사를 하고 있었다. 이 철학과 교수는 정년퇴임을 불과 몇 년 앞둔 노교수였다. 웃음을 띤 얼굴로 반갑게 인사 드리자 오랜만에 본다며 기분 좋게 인사를 받아주었다. 철학과 교수는 젓가락으로 메추리알 조림을 집으려고 애쓰다가 잘 안 됐는지 숟가락을 이용해 떠서 입안으로 넣었다. 인간의 정신을 탐구한다는 면에서 철학과 심리학은 공통적이지만 약간의 차이가 있기에 나는 철학과 교수와 대화 나누는 걸 좋아했다.

마침 교직원 식당 문 너머로 까르르거리며 지나가는 학생들의 목소리가 들리자 철학과 교수가 말했다.

"아유, 학생들 웃음소리 싱그럽네요."

"그러게요, 교수님. 저도 20년만 젊어지고 싶어요."

"젊음은 나이가 아니라 마음이지요."

철학과 교수다운 말에 나는 입을 가리고 호호 웃음을 지으며 말했다.

"그 마음먹기가 힘들어요. 학생 때는 직장도 안 다니고 키울 애도 없어서 고민이 하나도 없었는데…. 지금은 마음을 젊게 먹으려고 해도 주변 환경이 가만 놔두지를 않네요."

"저 학생들 나이 때 왜 고민이 없어요? 삶을 살면서 흔들리지 않는 방법을 알고 있는 우리보다는 아직 흔들리는 저들이 더 세상살이가 힘들 수도 있어요."

"저렇게 고민 없는 얼굴들을 하고요?"

나는 교단에 서서 매일같이 보는 20대 초반 청춘들의 때 묻지 않은 얼굴들을 떠올렸다. 철학과 교수가 대답했다.

"해맑아서 더 처절할 수도 있지요. 빛이 밝을수록 그림자는 짙은 법이니까요."

이런 모호한 말을 불쑥 하는 게 대화를 나눠보면 느낄 수 있는 철학과 교수들의 규정할 수 없는 특징이었다. 그냥 좋은 말

쓴 한마디 들었다고 생각하고 나는 이내 잊어버렸다.

밥을 먹고 난 후 첫 수업은 상담심리학이었다. 연구실에서 잠시 처리할 업무를 보다가 수업 시간에 맞춰 강의실로 걸음을 옮겼다. 강의실 문을 열고 들어가 항상 그렇듯이 익숙하게 강단 앞에 섰다. 내가 들어오자 서른 명가량의 학생들이 삽시간에 나를 올려다보며 조용해졌다. 출석을 부르고는 언제나처럼 웃는 얼굴로 수업을 시작했다.

"오늘은 상담 실습을 해볼 거야. 그동안 이론으로만 배웠던 걸 실제로 해보니까 좋겠지?"

학생들이 그렇다고 영혼 없이 입을 모아 대답하면서 이제야 주섬주섬 전공 책을 꺼내 지난 수업에서 진도를 나갔던 페이지를 펼치고 있었다. 다른 학년도 섞여 있지만 2학년들이 대부분이었고 어린 티를 벗지 못한 학생들의 얼굴에는 청춘 특유의 푸른 잎사귀 같은 느낌이 있었다. 나는 학생들에게 오늘은 전공 책에 나오는 개념이 아닌 특별 실습을 해볼 거라고 알리고는 실습에 대한 설명을 시작했다.

"오늘 할 상담 실습은 말이야, 인생에서 가장 후회되는 일을 사람들 앞에서 자기 고백 한 다음에 스스로 용서를 해보는 거야. 자기 내면을 들여다보는 거지. 하지만 사람들 앞에서 자기

치부를 말하기 어려운 사람도 있잖아? 그래서 상담자는 내담자에게 미리 말을 해주는 거야. 자기 고백은 힘든 일이니까 완전히 거짓을 말해도 된다고 말이야."

내 말에 어떤 학생이 손을 들었다. 수업에 적극적이라 교수들 사이에서 평가가 좋은 키 큰 남학생이었다. 내가 고갯짓을 하자 그 남학생이 손을 내리고 물었다.

"그러면 진짜 거짓말을 하는 사람도 있지 않습니까, 교수님? 거짓 고백을 하면 뭐가 나아질까요?"

"응, 그럴 수도 있지. 그런데 이게 진짜인가를 파헤치기보다는 내담자가 상담자에게 뭐든 털어놓는 게 중요하거든. 그렇게 라포 형성을 하다 보면…. 다들 라포 알지?"

아까의 그 남학생이 전공 책을 잠시 뒤적거리더니 자신 있게 대답했다.

"상담자와 내담자 간 친밀감입니다!"

"그래, 그렇게 여러 번 상담을 하면서 라포가 형성되면 내담자가 마음을 열게 되고 그때부터 진실이 나와. 그러기 위해서는 우선 내담자의 어떤 말이든 들어주는 게 중요해. 지난 학기 수업 때 어떤 선배는 강의 시간에 이런 고백을 했어. '저는 중학생 때 자다가 이불에 오줌을 쌌습니다'라고."

내 말이 끝나자마자 강의실은 웃음소리로 가득 찼다. 물론 예상했던 반응 중 하나였지만 강의에 열심히 참여했던 그 학생 얼굴이 떠올랐다. 나는 손가락을 입술에 가까이 대고 강의실을 조용히 만든 다음에 진지하게 말했다.

"자, 다들 웃지 마. 그 선배는 화장실 가는 꿈을 꾸었대. 그런데 꿈에서 소변을 보는 동시에 자신도 모르게 이불에 소변을 보고 있더래. 나중에 자기 엄마가 알았는데 혼내기보다는 건강에 이상이 있나 싶어서 걱정하더라는 거야. 다행히 건강에는 이상이 없었고 말이야. 이거 진실일까 아니면 거짓일까?"

"진실 같습니다!"

"에이, 거짓 아닐까요?"

학생들이 각자 의견을 내놓았고 나는 중요한 원칙을 진지하게 말했다.

"중요한 건 진짜인지 가짜인지 내담자에게 묻지 않는 거야. 상담심리학에서 중요한 건 상담자는 내담자에게 강압적으로 뭔가를 끌어내려 하지 않는 거거든. 강압적이면 내담자가 더 숨어버리거나 공격적으로 반응할 수 있어. 그 이유는 방어기제 때문인데 방어기제는 다음 시간에 배우도록 하고! 발표 순서는 제비뽑기를 할 거야."

제비뽑기 통에 손을 넣어 제비를 하나를 뽑아 펼치자 종이에는 '이태경'이라는 이름이 쓰여 있었다. 나는 태경을 일으켜 세우고 살면서 가장 후회되는 일이 뭔지 진실, 거짓에 관계없이 말해달라고 했다. 태경이가 머뭇거리다가 씩씩하게 말을 뱉었다.

"저는 유치원 때 유치원 선생님 지갑에서 돈을 훔쳤던 적이 있습니다. 그게 가장 후회됩니다."

"와, 돈을 훔쳤대."

말이 끝나기가 무섭게 어떤 여학생이 힐난하자 태경과 친한 듯 보이는 주변 학생들이 태경에게 야유하며 킥킥거렸다. 태경은 얼굴이 빨개져서 부끄러워했고 나는 무덤덤하게 물었다.

"내담자는 스스로를 용서할 수 있나요? 만약 그렇다면 그 이유는요?"

"저는 저를 용서할 수 있습니다. 그 이유는 아주 어릴 적의 일이기 때문입니다. 저는 어릴 때 잘못된 행동을 하고 말았던 저를 이제 그만 용서하고 싶습니다."

태경은 말하면서 감정이 올라오는지 마지막에는 목소리를 조금 떨면서 말했다. 물론 진실인지 거짓인지 추궁할 수는 없지만 최소한 진실에 가깝거나 내면 심리를 건드리는 유사한 과거의 상황이 있었다는 것을 유추해 볼 수 있었다. 무의식 한구석에 숨어서 어린 시절부터 자신을 괴롭혀 온 죄책감을 마주하는 일은 누구에게든 쉽지 않은 일이다. 나는 더 이상 묻지 않고 태경에게 고맙다고 말한 뒤 자리에 앉히며 학생들에게 덧붙였다.

"과연 태경 학생의 말은 진짜일까, 거짓일까? 그건 알 수 없지. 그러나 한 가지 분명한 건, 만약 진짜라면 이제 태경이는 스스로를 용서함으로써 이 일로부터 자유로워지는 거야. 이게 이 실습의 진정한 목적이지."

학생들이 이제 알겠다는 듯 고개를 끄덕였다. 나는 지금과 같이 미래의 상담심리학자들을 키워내는 순간이 가장 뿌듯하고 좋았다. 제비뽑기 통에서 두 번째로 뽑은 제비에는 '박나현'이라는 이름이 쓰여 있었다. 나는 태경과 마찬가지로 나현에게도 가장 후회되는 일이 뭔지 물었다. 혹시라도 이 상황이 불편할까 봐 거짓을 말해도 상관없다고 다시 한번 상기시켜 주었다. 나현은 잠시 생각에 잠기더니 이내 나를 바라보며 말을 꺼냈다.

"중학생 때 횡단보도에 친구랑 서 있는데 횡단보도 앞에는 어떤 대기업이 있었어요. 그 회사 입구에서 '우리 아들 죽음으로 몰고 간 ○○기업 각성하라'라고 쓰인 판을 앞뒤로 매단 나이 든 아저씨가 혼자 서 있었어요."

"1인 시위를 하고 있었구나?"

"네. 저는 무심결에 옆에 있는 친구에게 '난 저런 거 무식해 보여. 막무가내잖아'라고 했는데 그 말이 들렸나 봐요. 그 아저씨가 저를 원망스러운 눈으로 쳐다보더니 울음을 터트리는 거예요."

나현의 목소리에 울먹임이 담기기 시작하자 나는 나현이 이 수업을 통해서라도 어릴 적부터 스스로를 괴롭혔던 마음속 후회를 털어냈으면 하는 마음에서 차분히 물었다.

"갑자기 우셨어?"

"네, 갑자기 엉엉 우셨어요. '이것밖에 방법이 없는 무식한 애비를 둬서 우리 아들이 이런 일을 당한 거야! 잘난 애비 두었으면 우리 아들도 이런 일 안 당했어!'라고 외치면서요."

나현은 결국 눈물이 터졌는지 노란색 옷소매로 눈물을 닦으며 횡설수설 말을 이었다.

"저는 그 나이대 아저씨가 그렇게 목 놓아서 우는 걸 처음 봐서 너무 놀랐어요. 그래서 사과도 못 하고 횡단보도 초록 불 켜지자마자 친구 손에 이끌려서 도망갔어요. 근데 그 아저씨가 목 놓아서 우는 모습이 지금까지 잊히지 않아요."

"자, 우선 진정해. 다들 놀랐겠지만 내담자가 이렇게 감정적 반응을 보이는 것에 상담자가 동요하면 안 돼. 자 나현아, 스스로를 용서할 수 있니?"

"아니요."

"그 이유는?"

"입장을 바꿔놓고 생각해 보면 너무 속상할 것 같아요."

나현의 대답에 아까 손을 들고 질문했던 키 큰 남학생이 별 안간 무서운 얼굴로 나현에게 이렇게 외쳤다.

"속상한 정도가 아니지!"

여기저기서 동조하는 목소리와 끄덕이는 고개가 보였고 나는 엄한 말투로 학생들에게 당부했다.

"자, 꼭 알아둬야 할 게 있어. 어떤 상황에서도 절대로 내담 자를 비난해서는 안 돼. 우리는 치유하는 거지 심판하는 게 아니야. 이럴 때는 내담자에게 '네가 그때 그렇게 행동한 건 그럴 수밖에 없었기 때문이야. 나는 이해해'라고 말해주는 거야."

"그렇지만 교수님…."

그 남학생은 할 말이 더 남았는지 손을 들고 나를 불렀지만 이내 아니라면서 손을 내렸다. 수업의 중심을 잡기 위해서, 그리고 나현을 위해서 나는 학생들에게 말했다.

"중요한 건 나현이 말이 거짓인지도 몰라. 진실이든 거짓이든 무언가를 사람들 앞에서 말한다는 건 힘든 일이야. 모두 이걸 기억해 주었으면 좋겠어."

모두가 말없이 고개를 숙였고 숙연한 분위기에서 나는 나현을 자리에 앉힌 다음 다시 제비를 뽑았다. 제비에는 '강슬지'라는 이름이 쓰여 있었고 나는 슬지의 이름을 불렀다. 슬지의 이름이 불리는 순간 여기저기에서 술렁였다. 나는 이상한 공기를 느꼈지만 학생들을 조용히 시키고 아까 다른 학생들에게 한 것처럼 슬지에게 가장 후회되는 일을 물었다. 슬지가 망설임 없이 입술을 떼었다.

"제가 가장 후회되는 일은 할머니와 관련된 일입니다."

"들어볼까?"

"할머니는 엄마 없는 저를 오랫동안 키워주셨습니다. 아빠는 건설 현장에서 일하시느라고 멀리 있는 현장에 배치되면 몇 달 동안 집을 비우실 수밖에 없으셨습니다. 저는 대학 등록금과 학비를 벌기 위해 일하느라 남들보다 1년 늦게 대학을 오게 되었습니다. 저는 대학에 붙자마자 할머니와 고향을 떠나 지금 제가 살고 있는 자취방으로 이사를 했습니다. 그런데 할머니가 백내장이 생겨서 수술을 해야 하느라 돈을 마련해야 했고 설상가상으로 할머니는 치매 증세까지 보이셨습니다."

슬지는 책을 읽듯이 또박또박 말을 이어나갔다. 보통 이런 순간에는 주춤거리거나 감정이 섞이기 마련인데 슬지는 너무 아무렇지 않아 보였다. 거짓이라기에는 말도 안 되게 구체적이고 진실이라기에는 어딘지 모르게 이상했기에 도저히 진실인지 거짓인지 알 수 없었다. 슬지의 말은 계속 이어졌고 모두 집중하고 있었다.

"저는 1학년 때 수업을 종종 빠질 수밖에 없었습니다. 할머니가 길을 못 찾고 있어서 목걸이에 쓰인 번호로 전화를 걸었다고 시민들이나 경찰들에게 전화가 왔기 때문입니다. 어렵게 들어온 학교였지만 저는 학업에 집중할 수 없었습니다."

치매에 걸린 할머니와 둘이 살아야 한다니 슬지에게 이런 마음 아픈 사연이 있는지 처음 알았다. 나는 고개를 끄덕였고 슬지도 내 눈을 보며 술술 말을 이었다.

"어느 날 잠을 자고 있는데 저희 할머니가 제 머리를 쓰다듬으며 '이 할미 때문에 우리 예쁜 손녀가 고생이여. 할미가 빨리 죽던지 해야 하는데. 그래야 할미도 편해지고 우리 손녀 편해지는데'라고 하셨습니다."

학생들 사이에 안쓰럽다는 표정이 하나둘씩 떠오르면서 모두의 고개와 시선이 슬지를 향했다. 학생들의 반응에도 슬지는 조금의 주저함도 없이 말을 이었다.

"저는 결정을 내려야 했습니다. 어떤 게 더 할머니와 저를 위한 일인지요. 마침내 결정을 한 전 반지하 자취방 창문을 꼭꼭 닫아놓고 등교 전에 할머니에게 말했어요. '나 오늘 저녁으로 냉동실에 있는 동그랑땡 먹고 싶어. 비닐봉지에 넣어놓은 커다란 냉동 동그랑땡 있잖아. 꼭 부쳐놔야 해'라고 말하자 할머니가 제 엉덩이를 두드려주시며 알았다고 하셨어요. 저는 문을 꼭꼭 닫고 등교했습니다."

슬지는 이야기를 잠시 멈췄고 강의실에는 적막이 흘렀다. 누구도 어떤 말도 꺼낼 수 없는 긴장된 분위기 속에서 슬지가 다시 입을 열었다.

"반나절 후에 경찰에게 전화가 왔어요. 할머니가 자살하셨다고요. 제가 냉동실 비닐봉지에 넣어놓은 건 냉동 동그랑땡이 아니라 조개탄이었거든요."

"뭐라고?"

학생들이 동요했고 나는 무슨 말인지 이해하느라 슬지만 멍하게 바라보고 있었다. 어두컴컴한 반지하 방에서 비닐봉지에 담긴 조개탄을 프라이팬에 쏟아 넣는 슬지의 할머니가 떠올랐다. 조개탄 쏟아 넣는 소리가 딱딱한 냉동 동그랑땡 쏟아 넣는 소리와 흡사하게 들릴 것 같았다. 조개탄이 프라이팬 위에서 가열되면 일산화탄소가 발생하고, 경찰이 와서 사망 시각을 따졌을 때 집에는 할머니 혼자 있었고… 자살로 종결…. 나는 슬지에게 애원하듯 물었다.

"거짓말이지?"

"묻지 않기로 하셨잖아요."

슬지가 빙긋 웃으며 대답했고 나는 서둘러 제비뽑기 통에 손을 넣어 제비를 뽑았다. 종이를 펼치는 손이 떨려왔지만 나까지 동요하면 상황이 걷잡을 수 없어질 것 같아서 어떻게든 수업을 이끌어나갔다.

"자, 다음은 최서준!"

슬지를 가까이에서 마주한 건 그로부터 보름 후 교수 면담에서였다. 학교에서는 정기적으로 교수가 지도 학생과 면담을 진행하도록 했다. 슬지를 마주하고 토익 공부는 잘 되는지, 학점 관리는 잘되는지 상투적인 질문만 빙빙 돌리며 물었다. 그러나 잊어보려 해도 내 머릿속에는 자꾸만 슬지가 수업 시간에 했던 자기 고백이 떠올랐다. 슬지가 1학년 때 수업을 자주 빠졌던 것과 할머니가 사망했으니 결석 일수를 지워달라며 사망진단서를 내밀었던 일도 함께 말이다.

나는 한참을 고민하다가 슬지에게 조심스럽게 물었다.

"수업 시간 때 말했던 할머니 일 말이야. 거짓말 맞지?"

"묻지 않기로 하셨잖아요."

"나는 상담차 물어보는 거야. 그때 수업에서 끝맺음을 제대로 못 한 것 같아서…."

"교수님, 제 할머니는 육교에서 떨어져 돌아가셨어요."

내내 긴장하고 있던 마음이 탁 풀어짐과 동시에 슬지를 의심하고 있던 스스로가 우스워서 실소가 나왔다.

"혹시나 했어. 정말 일산화탄소 중독으로 돌아가셨으면 어쩌나 하고."

"교수님, 좀 이상하지 않아요? 아무리 시력이 안 좋고 치매기가 있어도 조개탄과 냉동 동그랑땡을 구별 못하는 게 말이 안 되잖아요."

"그거야 그렇지만…. 그런데 육교 난간 높은데 육교에서 떨어지신 거면 치매가 심하셨나 봐."

"아니요, 길을 잃는 정도의 치매이지 육교 난간에서 실수로 떨어지는 정도까지는 아니셨어요."

하기야 높은 곳에서 떨어질 것 같으면 그 자리를 피하고 안전을 확보하는 건 인간의 본능이었다. 갓난아기나 강아지도 높은 곳에 올려놓았을 때 아래가 보이는 투명한 유리 바닥은 피해서 다니는 게 인지심리학 실험으로 증명된 지 오래였다. 게다가 나이 든 할머니가 그 높은 난간을 실수로 넘는다는 건 말이 안 되지 않은가.

생각에 잠겨 있는데 슬지가 진지한 목소리로 말을 꺼냈다.

"교수님, 거짓이냐고 물으셨죠? 수업 시간에 했던 제 자기 고백은 진짜예요. 한 치의 거짓도 없어요."

진실이라니…. 나는 슬지의 자기 고백을 다시 떠올렸다. 할머니에게 동그랑땡이 먹고 싶다고 했고, 냉동실엔 동그랑땡 대신 조개탄을 넣어두었다고 했다. 그리고 반나설 후 경찰에게서 할머니가 자살했다는 전화를 받았다고. 그러나 방금 슬지는 할머니의 사망 원인이 일산화탄소 중독이 아니라 육교에서 떨어진 거라고 했는데….

도무지 이해가 안 가 슬지를 쳐다봤지만 슬지는 자신의 말에 한 치의 거짓도 없다는 확고한 표정으로 나를 바라보고 있었다. 그 얼굴을 보다 순간 머릿속을 스쳐 지나가는 생각에 나는 할 말을 잃고 말았다. 그날따라 유독 창과 문을 꽉 닫은 손녀. 동그랑땡이 먹고 싶다는 말에 냉동실에서 봉지를 꺼내 프라이팬에 붓던 할머니는 무언가를 문득 깨달았을 것이다. 그리고 육교에서 스스로 뛰어내린다….

순간 심장이 멈추는 것 같은 서늘함이 밀려왔고 시간은 나와 슬지를 한 공간에 버려둔 채 멈춰버린 것만 같았다. 차마 시선을 맞추지 못하고 얼어 있는 나에게 슬지의 목소리가 다시금 명료하게 들려왔다.

"그리고 강의하실 때 빼먹으셨어요. '네가 그때 그렇게 행동한 것은 그럴 수밖에 없었기 때문이야. 나는 이해해'라고 저한테 말해주는 거요."

정적이 흘렀고 슬지는 고요하게 앉은 채 나의 대답을 기다리고 있었다. 나는 시선을 천천히 들어 슬지의 얼굴을 마주보았다. 짙은 그림자가 어린 슬지의 까만 눈동자는 흔들림 없이 나를 향해 있었고 그 눈동자를 보고 있자 순간 감당할 수 없는 두려움이 확 몰려들었다. 나는 그 그림자에 잠식될 것만 같은 공포에 일순간 소리를 내질러 보았지만 내 목을 타고 올라온 건 외마디 탄식이었다.

그 후로 상담심리학 수업이 종강할 때까지 나는 강단에서 슬지가 앉아 있는 쪽은 쳐다보지도 못했다. 종강 날에 마무리를 하고 강의실을 나오면서야 안도감을 담아 큰 숨을 내쉴 뿐이었다.

교수 면담 이후로 몇 년이 지났지만 나는 지금까지도 상담심리학 수업 시간에 진실과 거짓 실습은 더 이상 실시하지 않고 있다. 다만 강단에 서서 수업할 때 마주하는 해맑고 빛나는 청춘들의 얼굴들을 가만히 들여다보며 가끔 이 말을 되새겨 보고는 한다. 빛이 밝을수록 그림자는 짙다는 철학과 노교수의 그 말을.

마스크 탈취제 이야기

하루 종일 정신이 없었다. 전자정보기술관에서 6시간 연속으로 강의를 듣고, 조별 과제 준비 때문에 회의하고, 개인 과제도 하고. 달이 뜨고서야 겨우 하루 일과를 마치고 집으로 가기 위해 학교를 나섰다. 겨울이라 저녁인데도 밖은 완전히 깜깜해져 있었고 찬바람이 훅 끼쳐왔다. 온종일 따뜻한 실내에 있다가 찬바람을 쐬니 머리가 아파왔다. 지끈거리는 머리에 불안해져 코로나19 증상이 아니기를 바라며 마스크를 고쳐 썼다. 그리고 점퍼를 여민 채 버스 정류장을 향해 바삐 걸었다.

걸어가는 중에 내가 타야 하는 버스가 옆을 스쳐 지나갔다. 급히 뛰어갔지만 기다리는 사람이 없어서인지 버스는 빠르게 지나가 버렸고, 허탈했지만 하는 수 없이 아무도 없는 정류장 벤치에 앉아 추위를 달래며 버스를 기다렸다. 주로 학교 학생들만 이용하는 정류장이어서 이렇게 늦은 시간대에는 인적이 드물었다. 그래서 그런지 여기서 무슨 일이 일어나도 아무도 모를 것 같다는 생각이 불현듯 들었다. 타야 하는 버스의 배차 간격은 20분으로 꽤 길었다. 나는 괜스레 불안한 마음에 같은 대학에 다니는 동생에게 카톡을 했지만 답장은 오지 않았다. 다행히도 잠시 후에 어떤 여학생이 와서 내 옆에 앉았다.

그 학생은 손에 들고 있던 노트들을 옆에 내려놓고 조용히 가방을 끌어안았다. 많이 피곤했는지 이내 고개가 끄덕끄덕 움직이더니 푹 숙이곤 미동도 없었다. 잠시 후, 난 버스 한 대가 오는 것이 보여 엉덩이를 들썩였지만 기다리던 버스가 아니었다. 아쉬운 마음을 뒤로하고 다시 벤치에 앉았는데 인기척을 느낀 학생이 깜짝 놀라 고개를 들어 버스를 보더니 큰 소리로 외쳤다.

"버스 기사 아저씨, 잠시만요!"

버스가 떠나가기 전 극적으로 학생은 차에 올라탔고 나는 추위를 견디며 주머니에 손을 넣었다. 문득 돌아본 옆에는 아까 그 학생이 두고 간 노트 몇 권이 덩그러니 있었다. 노트에는 '심리학과 강슬지'라고 적혀 있었다.

심리학과라면 공대생인 나하고는 아무 접점이 없었지만 여기는 나 말고는 아무도 없었다. 귀찮았지만 잘 챙겨두었다가 다음에 돌려주고 학식이라도 얻어먹으려는 생각으로 노트를 챙기기로 했다. 그렇게 노트를 가방에 넣다가 한 권이 바닥으로 떨어졌다. 바닥에 떨어지며 펼쳐진 노트의 안이 보였는데, 대충 봐도 정성 들여 세심하게 쓴 티가 났다. 대체 무슨 내용이기에 저렇듯 정성들여 쓴 건지 호기심이 생겨 천천히 노트를 살폈다. 전공 필기와 일기가 섞여 있었다. 일기는 날짜가 띄엄띄엄 쓰여 있었는데 호기심이 생긴 나는 일기만 골라 처음부터 읽어보았다.

X월 X일 날씨 맑음

학교 매점에서 혼자 컵라면과 삼각 김밥을 먹고 나오다 게시판에서 동아리 포스터를 발견했다. 창업 동아리 구인 포스터였다. "창업에 관심 있는 사람들 모여라, 모여서 차 한잔 해요" 같은 문구가 유치했다. 잠시 멈춰서 봤지만 선뜻 동아리에 들고 싶지는 않았다. 동아리 같은 끼리끼리 노는 친목 위주의 모임에서 나는 겉돌게 뻔했으니까. 포스터를 스쳐 지나가려는 순간에 반대편에서 남녀 무리가 서로 웃으며 장난치는 모습을 보았다. 스스럼없이 같이 다닐 친구가 있다는 게 부러워 홀린 듯 창업 동아리 포스터에 나온 전화번호를 누를 수밖에 없었다. 유치하다고 생각했던 차 한잔하자는 문구가 그 순간 내 마음을 사로잡았기 때문이었다.

X월 X일 날씨 비

창업 동아리 면접은 도서관 스터디룸에서 진행되었다. 면접을 봐
준 사람은 김진환이라는 남자였다. 창업 동아리 리더인 그는 화
학공학과 3학년이며 스물다섯 살이라고 했다. 스물네 살인 나와
한 살 차이에 키 크고 얼굴도 잘생긴 그의 첫인상이 솔직히 마음
에 들었다. 겨울에 있을 교내 창업 경진대회를 대비해서 이번에
처음 만들어진 동아리라고 했다. 이번에 처음 생겼다면 텃세와
군기는 없을 터였다. 저녁 즈음에 동아리 면접에 합격했다고 잘
지내보자고 연락이 왔다. 왠지 모르게 마음이 간질거렸다.

X월 X일 날씨 맑음

오늘은 창업 동아리 모임이 있었다. 창업 아이템 정하기나 시제
품 제작하기보다 선행되어야 할 것은 기업가 정신 함양이라는 것
에 초점을 맞추었다. 모두가 돌아가면서 자기 꿈을 이야기했다.
나는 창업을 진지하게 생각하고 있진 않지만 좋은 경험을 쌓고
싶다고 말했다.

진환 리더님은 나중에 꼭 사업을 할 거라서 예행연습으로 창업
동아리를 하는 거라고 했다. 직장 생활은 하루하루 쳇바퀴 도는

일이지만 사업을 직접 하면 경험도 더 많이 쌓고 주도적으로 일할 수 있기 때문이라고 했다. 그 말을 하는 리더님의 눈빛은 빛났고 목소리에는 미래에 대한 확신이 들어 있었다. 원래 남자애들은 게임, 여자, 술 얘기만 하는 족속들이라고 생각했는데 리더님 같은 사람은 처음이었다. 나는 남자답다, 여자답다는 수식어를 별로 좋아하지는 않지만 굳이 쓰자면 리더님 같은 사람이 진짜 남자답다고 생각했다. 강해 보이기 위해 말끝마다 욕을 섞는 또래 남자애들에 비해 더 그렇게 보였다.

X월 X일 날씨 맑음

셔틀버스 정류장에서 버스를 기다리는데 검정 차가 한 대 서더니 운전석에서 누군가가 내 이름을 불렀다. 자세히 보니 진환 오빠였다. 어깨가 으쓱해져서 조수석 문을 열고 타는데 그 순간 셔틀버스 정류장에 있던 애들의 선망 섞인 눈빛이 느껴졌다.

"리더님, 감사합니다"라고 하자 진환 오빠가 "리더님이 뭐야. 거리감 느껴지게. 진환 오빠라고 불러. 우리 친하지? 나만 친하다고 생각하는 거 아니지?"라고 했다. 얼굴이 달아올랐다. 차는 도로를 달렸고 창밖으로 노을이 예쁘게 지고 있었다. 차 안에는 분위기 있는 팝송이 흘렀다.

진환 오빠처럼 인기 많고 잘생긴 남자가 나를 친하게 생각한다는 사실이 기분 좋았다. 이런 일은 학교 생활 중 처음 있는 일이었다. 차 타고 있는 내내 이 순간이 영원하기만을 바랐다.

여기까지 일기를 읽고 아까 그 학생이 귀여워져서 풋 웃었다. 스물네 살이면 나보다 한 살 어리고, 연년생인 내 동생과 같은 나이였다. 한창 짝사랑을 하고 있는 것 같은데, 사생활을 보면 안 된다는 생각이 들었지만 뒷내용이 궁금해서 계속 읽어 보았다. 이후부터는 진환이라는 사람에게 편지 형식으로 쓴 일기였다.

X월 X일 날씨 맑음

진환 오빠. 오빠의 눈을 볼 때면 밤하늘 별들이 흩뿌려진 것 같아요. 다른 사람들과 달리 늘 제대로 눈을 맞춰주어서 고맙습니다. 얼마 전 우산이 없어 소나기에 흠뻑 젖어 있던 저를 걱정스럽게 바라보던 표정을 봤어요. 눈빛과 표정만으로도 저를 귀엽게 생각하는 오빠의 마음이 와닿았어요. 우린 나이 차이도 얼마 안 나는 걸요!

따뜻한 봄날 같은 눈빛, 뜨거운 여름날 같은 열정, 차분한 가을날 같은 분위기, 다가올 봄날을 준비하는 겨울날의 희망찬 모습까지 다 좋아해요. 오빠와 모든 계절을 함께 보내고 싶어요.

X월 X일 날씨 비

학교에서 보는 오빠의 멋있는 모습을 제 눈으로 사진 찍어서 기억 속에 저장해 놓고는 합니다. 기억이라는 게 기록보다는 덜 생생해서 아쉽지만 방법이 없는걸요. 사진이나 영상이나 녹음으로 남겨도 진환 오빠의 모습이 모두 담기지는 않을 것 같습니다. 오빠의 배려, 나긋나긋한 말투, 반짝이는 눈빛, 웃을 때 저를 슬프게 하는 너무 예쁜 눈매를 어떻게 기록으로 담을까요? 기록은 오빠를 온전히 못 담아내고 기억에는 망각이 있으니 안타까울 뿐입니다. 오늘은 오빠를 우리 집에 가둬놓고 싶어서 그럴 수 있는 방법을 3시간 동안이나 고민해 본 하루였습니다.

X월 X일 날씨 맑음

오빠가 조언해 줄 때는 깊은 울림을 받고 생각이 많아져요. 제 시야가 확장되어 가는 기분이라면 아실까요? 조언해 줄 때 오빠의 배려 있는 진솔함은 오빠가 갖고 있는 것 중 가장 예쁜 열매를 골라 제 손에 쥐어주시는 것 같아요. 가장 도움되고 필요한 말들만 골라 제 마음 다치지 않게, 솔직하게 건네주시잖아요. 오늘도 저에게 "슬지야. 슬지는 귀엽고 엉뚱한 매력이 있지만 때로는 그런 모습이 사람들을 당황시킬 때가 있어. 오늘 여러 가지 일로 친구를 화나게 만든 일도 그래. 그래도 나는 슬지가 마음은 착한 사람인 거 알아. 슬지는 사회생활에 서투를 뿐이야"라고 하셨어요.
그러고는 "나는 슬지의 부족한 점을 잘 채워줄게. 슬지도 내 부족
한 점을 잘 채워줘. 우리 잘 지내보자"라면서 저 때문에 날뛰는
그 애에게 그냥 참으라면서 상황을 정리했어요. 오빠는 언제나
제 편이에요. 저는 오빠가 좋아요.

나는 여기까지 읽고 이 학생 마음이 조금 위태로운 것 같다
고 느꼈다. 혼자 쓰는 일기여서 해본 말이겠지만 가둬놓고 싶
어 방법을 고민했다는 것도 왜인지 진심이 느껴져 괜히 오싹했
다. 보통의 풋사랑을 넘어선 상대에 대한 과한 선망과 기대가
느껴졌다. 불안한 마음을 안고 계속 읽어보았다.

X월 X일 날씨 맑음
오늘은 잊을 수 없는 날이에요.
동아리 회식을 하고 지현 언니 자취방으로 다 같이 2차를 갔잖아
요. 가위바위보를 해서 진 사람 두 명이 아이스크림을 사 오기로
했는데, 운명처럼 오빠와 제가 걸렸죠. 신도 우리를 이어주려는
마음이라고 생각했어요. 술을 마셔 비틀거리는 제 팔을 다정하게
잡고 오빠가 편의점으로 이끌었잖아요. 가는 내내 기분이 좋아
샐샐 웃음이 니났어요. 그리고 돌아오는 길에 용기를 내 오빠에

게 사귀어달라고 고백했어요.

그 순간 오빠의 경악한 표정을 잊지 못해요. 마치 귀신을 본 듯한 그 표정은 마스크를 뚫고 나와 저에게 전해졌어요. 정말 제 뒤에 귀신이 있어서 그런 표정을 지었으리라고 애써 좋게 생각하고 있어요. 그런데 고백을 거절할 거면 그동안 왜 저에게 친절하게 대해주셨어요?

X월 X일 날씨 맑음

오빠가 저를 의도적으로 피하는 느낌이 들어요. 고백 때문인 것 같아요. 요즘 어떻게 하면 오빠를 제 것으로 만들 수 있을지 고민하고 있어요. 그동안 오빠와 가깝게 지내서 좋았는데 오빠는 요즘 그 애에게만 웃어주고.

오빠의 마음을 돌리려고 동아리를 나가겠다고 했어요. 사실 예전처럼 잘 챙겨달라는 뜻이었어요. 그런데 오빠는 홀가분한 표정으로 알았다고 했어요. 그리고 번복하지 말라며 급히 자리에서 일어났어요. 오빠의 발걸음이 가벼워 보인 건 기분 탓이라고 지금도 계속 되뇌고 있어요.

X월 X일 날씨 맑음

하루 종일 오빠 생각만 머리에 가득 차 있어요. 하루에도 몇 번씩 오빠의 카톡 프로필 사진만 보고 있어요. 며칠 전부터 카톡 상태 메시지에 하트가 있기에 마음이 너무 불안했어요.

마침 오늘 복도에서 지현 언니를 우연히 만나서 일주일 후에 있는 교내 창업 경진대회 준비는 잘되어가는지 물었어요. 지현 언니가 창업 동아리 출품 아이템은 마스크 탈취제라고 했어요. 샘플을 미니 사이즈로 만들어서 참가하는 학생들에게 하나씩 나눠 줄 계획이라면서요. 그 애가 소강당 입구에서 마스크 탈취제 샘플을 나눠줄 거라고 하더라고요. 또, 오빠가 무대에서 코로나19 이후 마스크 탈취제는 생활필수품이 되었다고, 나눠준 샘플을 마스크에 뿌려보라고, 그렇게 모두 함께 마스크 탈취제의 효과를 느껴보는 시간을 가질 거라고도 말해줬어요. 언니가 가방에서 꺼내 보여준 샘플은 무색투명했어요. 코로나19 시대에 맞춰 화학공학과인 오빠가 직접 제조했다고 들었어요. 자연스럽게 지현 언니에게 오빠의 근황을 묻자 오빠가 저와 싸웠던 그 애랑 사귄다고 했어요. 그 말을 듣는 순간 너무 충격을 받아서 지현 언니를 내버려 두고 도망쳤어요.

X월 X일 날씨 눈

진환 오빠. 오늘은 학과 행사가 있어서 교수님을 포함해 우리 과 전체가 소강당에 모였어요. 그런데 행사 중에 지갑을 꺼내놓은 걸 까맣게 잊고 가방만 챙겨서 나와버린 거예요. 나중에 소강당에 찾아갔지만 지갑은 없었어요. 경비 아저씨에게 찾아가니 소강당은 지금 CCTV가 고장 났다고 하더라고요. 화면을 보여주길래 보니까 바둑판처럼 보이는 화면은 한 칸만 검정색으로 되어 있었어요. 경비 아저씨는 곧 종강이라 어차피 방학이 시작되니 아마 다음 학기 시작할 때쯤에야 고칠 거라고, 미안하다고 했어요. 오빠, 저는 요즘 왜 이렇게 안 좋은 일만 생기죠?

X월 X일 날씨 맑음

오빠. 오늘 학생 식당에서 오빠와 그 애가 같이 있는 모습을 봤어요. 그 애가 저에게 밝게 인사했지만 저는 무시하고 따로 앉았어요. 인정하기는 싫지만 그 애는 언제나 예쁘고 밝아요. 저번에 싸웠을 때도 먼저 와서 말 걸어주고 저와 친하게 지내주었잖아요. 그 애를 보고 있으면 오빠가 왜 제가 아닌 그 애를 택했는지 이해가 가요. 밝고 착하고 예쁘고 구김살 없는 애. 머리카락을 몰래 잘라서 보관해 놓고 싶은 애. 쓰레기통에 버린 손톱을 가져와서 병에 담아놓고 싶은 애. 내가 평생을 가도 따라잡을 수 없는 애.

X월 X일 날씨 맑음

오늘 교양 과목인 '제품 디자인의 이해' 강의를 듣는데 교수님께

서 포르말린 이야기를 하셨어요. 그 순간 저는 제가 해야 할 일이 뭔지 알았어요. 수업이 끝나자마자 포르말린 파는 사이트를 찾아 9천 원에 500그램을 주문했어요. 오빠를 찾을 수 있는 좋은 기회인 것 같아요.

'제품 디자인의 이해' 수업은 나도 이번 학기에 듣는 교양 과목이었다. 아까 그 학생 얼굴이 낯익다 했더니 강의실에서 몇 번 본 얼굴이었다. 집안 사정상 항상 장학금을 목표로 공부하고 있어서 나는 대부분의 강의를 녹음해서 다시 듣곤 했다. 교수가 말했던 포르말린 이야기가 어렴풋이 생각났지만 자세히는 기억나지 않아 휴대폰을 꺼내 들었다. 이어폰을 귀에 꽂고 일기장에 쓰인 날짜를 찾아 녹음 파일을 재생했다.

"소파 같은 거 디자인할 때 요즘은 다 친환경 소재로 합니다. 소비자들의 욕구가 커요. 예민해서 포름알데히드가 1ppm만 되어도 알레르기 반응이 나타나는 사람도 있어요. 그래서 기준치 아래로 검출되는 EO등급의 친환경 소재를 사용하는 기업이 늘고 있죠. 포름알데히드가 뭔지 알아요? 여러분, 포르말린 있죠? 포름알데히드가 액체 상태인 게 포르말린이에요. 표본실에 개구리 담가놓는 거 있잖아요. 너무 옛날 얘기인가? 예전에 어떤 학생이 자기 고등학생 때 과학실 청소하다가 표본 깨가지고 단체로 대피하고 난리도 아니었다고 하더군요. 그거 상온에서 휘발되는데 조금이라도 마시면 호흡곤란 오고 큰일 나요. 눈에 닿으면 실명하고 위험한 거야."

이어폰을 뺐다. 날씨 때문인지 갑자기 소름이 끼쳤다. 떨리는 손으로 노트를 넘겼다. 마지막 일기는 어제 날짜로 쓴 일기였다.

X월 X일 날씨 눈

오빠, 저는 오늘 기분이 좋아요.

일주일 뒤에 창업 경진대회가 소강당에서 열린다는 얘기를 들었어요. 역시 신이 저를 돕는 걸까요? 확인해 보니 경비 아저씨 말대로 CCTV는 여전히 고쳐지지 않았더군요.

그날이 오면 저는 우선 샘플을 하나 받을 거예요. 그리고 화장실에 가서 변기에 내용물을 버리고 준비해 온 포르말린을 꺼내 잠시 숨을 참고 병에 담을 거예요. 무색투명한 마스크 탈취제는 포르말린과 별로 차이가 나지 않겠죠. 그러고는 소강당에 들어가 그 애 자리에 놓인 마스크 탈취제를 떨어뜨리고 주워주는 척 제가 가져간 것과 바꿀 거예요.

오빠가 발표하는 내내 저는 그 애만 쳐다보겠죠. 그 애가 직접 자기 손으로 포르말린을 뿌리고 마스크를 쓰기만을 기다리면 돼요.

아마 자극적인 냄새 때문에 마스크를 쓰자마자 순간적으로 확 벗을 수도 있어요. 그래도 코로나19 시대에 눈치가 보여서라도 다시 쓸 수밖에 없을 거예요. 실내에서 혼자만 마스크를 안 쓰고 있을 수는 없으니까요. 아, 생각만 해도 짜릿해요! 그 애는….

"저기요!"

누가 날카롭게 부르는 소리에 소스라치게 놀랐다. 아까 그 노트 주인이 바로 옆에 와 있었다. 나는 순간 소름이 쫙 끼쳐서 노트를 내팽개치고 소리를 지르며 도망쳤다. 다음 정류장까지 어떻게 달려서 왔는지 기억도 나지 않았다.

집에 돌아온 나는 우선 며칠 후에 있을 창업 동아리 경진대회에서 일어날 이 범죄를 막아야 한다는 생각이 들었다. 일기를 통해 화학공학과의 김진환이라는 동아리 리더 소속과 이름도 알고 있는 상태였다. 절대 장난으로 쓴 일기도 아니었고 그냥 넘길 일도 아니었기에 나는 심각한 고민에 빠졌다.

공교롭게도 그다음 날은 '제품 디자인의 이해' 강의가 있는 날이었다. 노트 주인을 마주칠까 겁이 났지만 안 갈 수도 없었다. 강의가 시작되고 교수님이 출석을 불렀다.

"전자정보학과 이미연."

손을 들어 대답하는데 앞쪽에 앉은 학생이 뒤돌아 나를 뻔히 바라봤다. 심장이 멎는 기분이었다. 노트 주인이 허리를 돌려 입 모양으로 뻐끔거렸다.

"전자정보학과 이미연?"

그 순간 나는 아무에게도 이 일을 말하지 못하리라는 것을 알았다. 소강당 쪽으로 발걸음을 옮기다가도 이내 다시 되돌아갔다. 노트 주인인 강슬지의 얼굴이 떠오를 때마다 불안함에 심장이 비정상적으로 뛰는 게 느껴졌다. 직접 일기를 읽지 않았다면, 그리고 수업에서 마주치지 않았다면 나도 믿지 않았을 비현실적인 얘기였다. 아무도 믿어주지 않을 것 같은 상황에서 괜히 혼자 고군분투하고 싶지 않았다. 졸업하고 난 뒤, 시간이 흐르고 나서야 친구들에게 말할 수 있을지언정 지금은 아니었다.

내가 망설이는 사이 일주일이 지났고, 결국 일기 속 사건은 발생하고 말았다. 이후 나는 울며불며 경찰에 신고해 봤지만 소용없었다. 다른 사람 계정으로 구매한 것인지 강슬지 계정으로는 포르말린 구매 이력도 없을 뿐더러 소강당 CCTV도 고장났기에 증거도 없다고 했다. 내가 읽었던 일기도 발견하지 못했다고 했다. 제대로 된 목격자도 없는 상태에서 처벌이 가능할 리 없었다.

졸업한 뒤에도 가끔 늦은 새벽, 나는 방 너머로 콜록거리는 기침 소리를 들을 때마다 생각한다. 일기에서 강슬지가 말한 '그 애'가 내 동생 승연이라는 사실을 조금만 더 일찍 알았다면 좀 더 용기를 내서 어떻게든 저지했을 텐데 하는 생각 말이다. 아니면 동생이 무슨 동아리 활동을 하는지, 남자 친구는 누구인지 관심을 가졌더라면 어땠을까. 그랬다면 내 동생이 포르말린을 흡입하고 호흡곤란으로 쓰러져 응급실에 실려 갈 일도, 지금까지 호흡기 후유증으로 고통받을 일도 없었을 텐데.

바닷가 이야기

토요일 아침 일찍 일어나 강릉으로 향하는 버스에 올랐다. 머릿속을 비울 겸 1박 2일로 여행을 가 맛있는 음식도 먹고, 오랜만에 동해의 해돋이도 볼 생각이었다. 얼마 전 여자 친구와 헤어진 뒤 아직까지 복잡한 감정을 정리하지 못한 터였다. 고속버스에서 잠깐 눈을 붙였다 일어나 시간을 확인하려 휴대폰을 켰다. 배경화면에는 전 여자 친구가 환하게 웃고 있었다.

　나는 내 취향에 꼭 맞는 수수하고 얌전한 인상의 그녀에게 첫눈에 반했었다. 끈질기게 고백을 해 한 달간 썸을 타다 결국 사귀었지만 나는 고작 몇 개월 만에 큰 상처를 받고 헤어져야 했다. 지고지순해 보이는 외모와 달리 그녀는 처음부터 양다리를 걸치고 있었다.

일출을 보며 마음을 정리할 생각으로 즉흥적으로 떠난 데다 여름 성수기이기도 해서 시내 게스트 하우스나 바다 바로 앞 민박집은 모두 예약이 꽉 차 있었다. 여기저기 찾아보다 시내 에서 꽤 떨어진 외진 바닷가 마을에 있는 허름한 숙소를 간신 히 예약할 수 있었다.

숙소가 있는 시골 마을은 인적이 드물었다. 슬레이트 지붕을 얹은 시골집들 사이로 돌담길을 따라 걷던 나는 길을 잘못 들 었다는 것을 깨달았다. 그래서 돌아가려고 뒤를 돈 순간 깜짝 놀라 나도 모르게 외치고 말았다.

"어우 씨, 뭐야?"

길 한가운데에 하얗고 커다란 개가 까만 눈동자를 빛내며 나 를 빤히 쳐다보고 있었던 것이다. 그 개는 털 때문에 그래 보이 는지 아니면 다 근육인지는 몰라도 덩치가 상당했다. 요즘 세 상에 목줄을 안 하고 풀어놓고 키운다는 건 말도 안 되는 일임 에도 그 개는 빨간색 개 목걸이만 하고 있을 뿐, 연결된 끈이 없었다. 나는 조금이라도 움직이면 그 개가 달려와 물어뜯을 것 같은 예감에 겁이 나서 엉겁결에 큰 소리로 외쳤다.

"저기, 도와주세요! 누구 없어요?"

나의 외침을 들었는지 바로 옆에 위치한 담벼락 너머로 누군가 신발을 끌고 황급히 나오는 소리가 들렸다. 살았다 생각했는데 초록색 대문을 열고 나온 건 머리가 뽀글뽀글한 할머니였다. 게다가 할머니는 상황을 파악하곤 길을 막고 선 큰 개를 보며 발걸음을 늦추고 오히려 겔겔 웃었다.

"아 이거 양순이라. 양순이 하고 불러봐라."

"아, 주인분이세요? 근데 이거 이렇게 큰 개를 위험하게…."

"안 위험하다. 양순이 하고 불러봐라."

나는 황당함을 감추지 못한 채 주춤거리며 마냥 서 있을 수밖에 없었다. 반대쪽으로 가기 위해 뒤를 도는 순간 개가 달려들어 물 수도 있었고 그렇다고 저 개 쪽으로 걸음을 옮길 수도 없었다. 나는 속는 셈 치고 양순인지 뭔지를 불러보았다.

"양, 양순이?"

허공을 향해 킁킁거리며 잠시 멍하게 있던 개가 자기 이름을 알아들었는지 귀를 쫑긋 세우고 나를 정면으로 응시했다. 그러고는 얼어 있는 나를 향해 귀를 한껏 뒤로 젖히고는 꼬리를 살래살래 흔들며 가볍게 뛰어왔다. 나는 방어적으로 그 괴물 같은 개를 막으려고 손을 들었는데 자기를 쓰다듬어 주려고 손을 든 줄 알았는지 개가 반색하며 더 빠르게 휙휙 꼬리를 흔들면서 오는 것이었다. 내 발치까지 도달한 개는 갑자기 자기 몸을 발랑 뒤집어 나에게 배를 보여줬다.

이 상황이 뭐지 싶다가 곧 개가 굉장히 순하다는 것을 깨달았다. 겁먹었던 게 허무하기도 하고 내 발치에서 배를 보이며 꼬리를 붕붕 흔드는 양순이를 보자 어이없어 웃음이 터졌다. 양순이의 헤헤 웃는 듯한 표정과 연분홍빛 배가 첫인상과는 다르게 꽤 귀여웠기 때문이다.

목줄 안 한 건 진짜 매너 없는 상황이었지만 나이 든 시골 할머니를 붙잡고 일장 연설을 할 수도 없었다. 그냥 동네 사람들 모두와 잘 지내며 예쁨받는 시골 개인 것 같아서 한마디만 했다.

"어르신 이렇게 큰 개 목줄 안 하면 큰일 나요. 개 생긴 게 커다랗고 험악해서 사람들 놀라요."

"양순이가 얼매나 착한데 그러나? 생긴 걸로 판단하면 안 된다. 총각 그러면 안 된다이?"

"아니, 어르신. 지금 누가 누구에게… 아무튼 목줄 꼭 하세요."

"양순이가 답답시러울까 봐 잠깐 마당에 노니라고 풀어놨는데 대문이 꽉 안 닫깃나 보다. 알겠다이."

할머니는 다시 한번 겔겔 웃으며 초록 대문 안으로 들어갔고 나는 더 이상 말을 말기로 했다. 그저 양순이를 귀엽다고 몇 번 쓰다듬어 주고 구글 맵에 검색한 숙소를 찾아 걸음을 옮겼다.

숙소를 찾아 짐을 풀었다. 딱히 큰 계획 없이 온 터라 버스를 타고 강릉 시내에 있는 독립서점으로 향했다. 요즘 독립 출판물 트렌드는 뭔가 싶어서 한참을 서점에서 책을 뒤적거리며 시간을 보낸 후, 저녁 시간이 되어 배가 고파져 맛집을 검색했다. 누군가 짬뽕 순두부 현지인 맛집이라고 올려놓은 포스트를 봤는데 음식도 맛있어 보이고, 리뷰도 호평 일색이었다. 지도를 보고 찾아갔지만 외관을 보니 망설여졌다. 생각보다 더 허름하고 오래되어 보이는 게 음식도 허술할 것 같아 입구에서 머뭇거리던 발걸음을 돌려 나왔다. 다행히 주변에 음식점이 많아서 조금 걷다가 지은 지 얼마 안 된 것 같은 깔끔하고 세련된 짬뽕 순두부 식당을 찾을 수 있었다. 기대를 품고 빈 자리에 앉아 한 그릇을 주문했다. 음식이 나오고 한 숟가락 떠 먹어보았는데 실망스럽게도 너무 싱겁고 건더기도 거의 없었다. 간이 안 맞고 재료가 부실하니 맛있을 리가 없었는데, 관광지 물가인지 가격은 굉장히 비쌌다. 나는 결국 몇 술 뜨지도 못한 채 엄청난 배신감을 느끼면서 나올 수밖에 없었다.

조금 걷다가 버스를 타고 저녁 8시경 숙소로 돌아왔다. 옷도 갈아입지 않고 침대에 누워 헤어진 여자 친구의 SNS를 하트가 눌리지 않게 조심조심 구경하며 잠시 시간을 때웠다. 그러다 담배나 한 대 피울 심산으로 신발을 구겨 신고 밖으로 나왔다.

가로등이 하나 있는 숙소 바로 앞 벤치 옆에 서서 한 대 피우는데 숙소 문이 열리더니 어떤 여자가 이쪽으로 다가와 벤치에 앉았다. 그 여자는 내가 바로 옆에 있는데도 보이지 않는다는 듯 그저 벤치에 털썩 앉아 멍하게 허공을 바라봤다. 흘긋 보니 여자는 수수하게 예뻤고 뭐랄까, 여름밤에 어울리는 청순함이 있었다. 피부는 까무잡잡했지만 오히려 그게 더 매력적이었고 특히 이마부터 코를 타고 입술까지 떨어지는 옆얼굴 라인이 예뻤다. 조금 더 솔직하게 말하자면, 옆모습이 헤어진 전 여자 친구를 떠올리게 했다.

밤바람이 시원하게 불었고 나는 담배 연기가 여자에게 가지 않도록 여자의 오른쪽으로 자리를 옮겼다. 여자가 그제야 나를 알아챈 듯 흠칫 놀라더니 가볍게 고개를 숙이며 말했다.

"감사합니다."

"아, 네."

나는 그 후로도 여자를 흘끗거리며 쳐다봤지만 그녀는 혼자 생각에 잠긴 듯 가만히 허공을 응시할 뿐이었다. 여행자의 호기일까, 얼마 전 여자 친구를 잃은 상실감에 괜히 객기를 부려보는 걸까? 나는 그녀에게 적극적으로 다가가고 싶은 욕망을 느꼈다. 말을 걸까 말까 한참을 고민하던 나는 결국 정적을 깨고 한마디를 던졌다

"어디 묵으세요?"

"101호예요."

"어, 바로 옆방이네요. 저는 102호에 묵습니다."

대화의 첫 시작은 비교적 순조로웠다. 그녀의 목소리는 약간 허스키하면서 나긋나긋해서 듣기 좋았다. 나는 담배를 끄고 그녀 옆에 앉아 이런저런 말을 던져보았다. 나도 모르게 어떤 기대를 갖고 그녀를 대하기 시작한 것이다. 대화를 하면서 그녀에 대해 조금 더 알게 되었다.

그녀는 자신의 이름이 강슬지이며 나이는 스물다섯이고 의류 쇼핑몰의 MD라고 했다. 나는 스물아홉 살이며 출판사 편집부에서 일한다고 나를 소개했다. 대화하면서 그녀를 가까이에서 볼 수 있었는데 가로등 노란 불빛에 비쳐 음영이 드리운 그녀의 얼굴은 청순함을 넘어 어딘지 모르게 처연한 분위기마저 흘렀다. 날씨마저 기분 좋게 쌀쌀한 여름밤이었고 왠지 뭔가 잘될 것 같은 느낌에 들뜬 마음으로 물었다.

"여기 왜 오셨어요?"

"바다 보려고요."

"바다 많이 보셨어요?"

"네, 낮에 많이 봤어요."

그녀가 다소곳이 대답했고 인연이 될 작은 기회라도 잡아야 했기에 나는 적극적으로 말을 붙였다.

"밤바다는 안 보세요? 낮 바다와는 다른데."

"여자 혼자 밤에 다니면 위험하잖아요."

"어, 혼자 오셨어요? 저도 혼자 왔는데."

이런 곳에 혼자 왔다는 건 남자친구는 없다는 소리였다. 나는 그녀의 외모가 마음에 들었기에 눈을 질끈 감고 밑져야 본전이라는 생각으로 이 한마디를 던졌다.

"저랑 밤바다 가서 맥주 한잔하실래요? 둘이 가면 괜찮을 것 같은데…."

그녀는 망설이다가 나를 똑바로 보고 가만히 고개를 끄덕였다. 나이스! 그렇게 우리는 골목길을 돌아 바닷가 슈퍼에서 안줏거리와 맥주 한 캔씩을 사 백사장에 앉았다. 파도가 쏴아쏴아 소리를 내며 적막을 채웠고 바닷바람이 기분 좋게 불어오고 있었다. 밤바다에는 밤바다만의 분위기가 있었다. 분위기에 취했는지, 술까지 들어가서인지 내 옆에 앉은 그녀가 마치 과거에 내가 잃어버렸던 밤바다 풍경의 한 조각인 것만 같았다.

바람에 날려 허공에 춤을 추는 그녀의 머리카락에서 좋은 향기가 났고, 분홍색 셔츠 옷깃 사이로 보이는 쇄골은 그녀를 한없이 가녀려 보이게 했다. 나란히 앉아 있으니 설렘이 밀려와 어쩌면 이게 새로운 사랑의 시작일지도 모른다는 생각이 들었다. 내 옆에 앉아서 한동안 말이 없던 그녀가 읊조리듯이 입을 열었다.

"파도 소리 좋네요."

"네, 저도 파도 소리 정말 좋아합니다."

"바다는 어떻게 저렇게 쉴 새 없이 밀려왔다가 밀려갈까요."

어딘지 모르게 슬픈 분위기를 자아내는 그녀의 모습에서는 70년대의 여배우 같은 아스라한 분위기마저 느껴졌고 실제로 이런 장면이 담긴 흑백 영화가 꼭 존재할 것만 같았다. 살면서 처음 느껴본 강렬한 끌림이었고 난 이 순간 그녀의 모습이 너무 아름다워서 오래도록 잊지 못할 것만 같았다. 나는 애써 진정하고는 그녀를 바라보면서 나지막하게 말했다.

"다 섭리죠. 자연의 섭리."

그리고 한참 동안 둘 다 말이 없었다. 그녀는 멍하게 바다를 보며 생각에 잠겨 있었기 때문에 섣불리 말을 걸기가 조심스러웠다. 그녀의 내리간 속눈썹이 눈 밑에 나비처럼 그림자를 만들어 깜빡일 때마다 가만히 날갯짓을 했다. 그녀를 멍하니 바라보고 있는 나에게 그녀가 적막을 깨고 말했다.

"섭리라고 하셨잖아요. 멋있는 것 같아요. 자기 할 일을 다 할 뿐인데 응당 그래야 할 일이라고 이름 붙여주는 거요."

그녀가 나에게 멋있다고 하자 괜히 뿌듯했다. 그녀도 나에게 호감이 있는 걸까? 나는 기대를 갖고 곰곰이 생각했다. 이따가 방문 앞에 데려다주며 내일 나와 같이 해돋이를 보지 않겠냐고 물어볼까. 아니면 강릉 시내에 가서 맛있는 점심이라도 같이 먹지 않겠느냐고 물어볼까. 아니면… 오늘 밤 같이 보내지 않겠느냐고 물어볼까? 올라가려는 입매를 억지로 끌어내리며 생각에 잠겨 있는데 그녀가 의미를 알 수 없는 말을 덧붙였다.

"저도 제 할 일을 다 하고 왔어요. 섭리를 다 하고 온 거죠."

"어떤 섭리요?"

"개를 목 졸라 죽이고 왔어요. 저도 제 할 일을 다 한 거죠."

그녀는 날씨 이야기를 하듯 산뜻한 목소리로 개를 죽였다고 했다.

'지금 장난을 치는 건가?'

하지만 장난이라기에는 기괴한 농담이었다. 어버버하는 사이 그녀가 입을 열었다.

"아까 제가 제 소개하다가 말았지요? 제가 다니는 의류 쇼핑몰은 규모가 작지만 잘나가는 알짜배기 회사예요. 대표님도 젊고 직원은 대표님 포함해서 다섯 명인데 모두 20, 30대의 젊은 직원들이고요. 평소에 허물없이 지내고 분위기 또한 좋았어요. 대표님과 이주희 차장이라는 제 상사가 특히나 분위기가 좋았죠. 둘은 썸을 탔어요."

그녀의 목소리가 나직하게 들려왔다.

"저희 대표님은 젊은 CEO인 만큼 회사 인테리어를 카페처럼 멋지게 해놓았어요. 민트색과 흰색을 조화시켜 놓은 인테리어는 누가 봐도 멋있다고 생각할 정도였어요. 게다가 한쪽에 있는 회의실에는 천장에 실링팬도 설치되어 있어서 야근하는 직원들이 회의실에서 음식을 시켜 먹고 환기를 시키기에도 편했어요."

"실링팬이라니, 천장에 큰 선풍기처럼 날개 있는 팬이 돌아가는 거 말이죠? 정말 카페에나 있는 인테리어네요."

"네. 그리고 대표님은 회사에 반려견을 데리고 다녔어요. 혼자 살기 때문에 하루 종일 아무도 없는 집에 개를 남겨놓을 수 없다고 했어요. 이름은 그레이였어요. 항상 금속 목걸이를 하고 다니는 25킬로 정도 나가는 대형견이었죠. 대표님은 그레이를 가족보다 귀하게 아꼈어요."

"설마 죽였다는 개가 그 개예요? 대형견을 목 졸라 죽이셨다고요?"

역시나 장난으로 내뱉은 말이었구나 싶었다. 그다지 웃기진 않았지만 애써 웃음기를 담고 묻자 그녀는 조용히 고개를 끄덕이며 말을 이었다.

"대표님은 회의실 한쪽 구석에 그레이 전용 자리까지 마련해 놓을 정도였어요. 그레이가 마구 돌아다니면 정신 사나워서 대표님이 안 계실 때면 우리는 회의실에 그레이를 두고 문을 닫아놓곤 했어요. 그레이는 좀처럼 낑낑거리거나 짖지 않았어요. 거기가 자기의 자리라는 것을 아는 듯 편하게 자고 있곤 했어요. 저는 그레이에게는 아무 악감정이 없었어요. 하지만 주희 차장님에게 서운했어요. 차장님은 대표님이 계실 때 그레이에게 직접 구운 강아지용 수제 쿠키를 주며 예뻐하곤 했어요. 그러다 대표님이 안 계시면 회의실에 들어갈 때마다 그레이에게 저리 가라고 발을 휘휘 휘젓는 사람이었어요."

그녀가 맥주 한 모금을 마시고 답답한지 한숨을 쉬고는 하늘을 보더니 다시 말을 이었다.

"이주희 차장님은 그레이에게 쿠키를 주면서 항상 말했어요. '엄마가 만든 쿠키 맛있어?'라고요. 그럴 때마다 대표님은 싫지 않은 듯 하하 웃었어요. 이주희 차장님은 이렇게도 덧붙였어요. '그레이, 우리 집 개 할래? 우리 아들 할래? 너 오늘부터 우리 집 아들이야'라고요. 대표님은 그레이를 아들이라고 불렀거든요. 그래서 그레이를 죽였어요."

그녀의 진지한 태도를 보고 장난치는 게 아니라는 것을 깨달았다. 무슨 일이 있었냐고, 자세히 말해보라고 하자 그녀가 맥설이다 입을 열었다.

"그레이를 죽이기 며칠 전부터 회의실 문 안쪽의 문고리 잠금장치를 자주 눌러놨어요. 누군가 회의실 문을 무심코 닫으면 잠기도록 말이에요. 사람들은 이유도 없이 문이 잠긴다며 당황해했지만 며칠 지나자 그냥 고장이 났나 보다 하고 적응해 가더라고요. 직원들은 회의실 키를 항상 대표님 서랍 속에다 넣어놓고 문이 잠길 때마다 당연하다는 듯 가져다 열곤 했어요. 열쇠 아저씨가 왔지만 잠금 장치에는 아무 이상이 없다고 하니까 딱히 방법도 없었을 거예요. 그레이를 죽이겠다고 결심한 날은 이주희 차장님이 주말에 구운 쿠키를 가져오는 월요일로 정했어요. 그날로 정한 건 대표님이 월요일 오전마다 의류 상가에 시장조사를 나가시기 때문이기도 했어요. 저는 그 월요일에 반차를 냈어요."

그녀가 쓸쓸하게 미소를 지으며 말했다.

"그날 아침은 정말 일찍 나왔어요. 낚싯줄도 준비하고 회의실 열쇠도 가방에 숨겨놔야 했거든요. 오전 일찍 대표님이 시장조사를 나가자 그레이는 회의실로 들어갔어요. 저는 업무 시간 전에 그레이랑 노는 척하면서 그레이의 금속 목걸이를 풀고 실링팬에 연결해 놓은 낚싯줄을 목걸이에 통과시킨 다음 목걸이를 채웠어요. 그리고 실링팬을 켠 다음 회의실 문 안쪽 잠금

장치를 소리가 안 나게 돌려서 누르고 문을 닫고 나왔어요."

"실링팬에 연결한 낚싯줄이요? 무슨 말이죠?"

"주차장 바닥에 낚싯줄을 놓고 세 번쯤 왔다 갔다 하면서 제가 양팔을 넓게 벌린 길이의 두 배만 한 고리를 만들었어요. 그걸 실링팬 기둥 나사에 묶은 다음 매듭을 불로 지져 녹였어요. 제가 비즈공예를 한 적이 있거든요. 구슬을 낚싯줄에 꿰어 팔찌 같은 걸 만드는 건데, 마지막 매듭을 짓고 불로 지져 낚싯줄끼리 녹아야 매듭이 아주 단단해져요."

밤바람이 차서 그런지 한기가 돌았다. 나는 얼른 이 여자를 떠나 숙소에서 혼자 있고 싶었다. 그런 마음을 모르는 그녀는 그레이 이야기를 계속 이어나갔다.

"아무튼 실링팬에 연결해 놓은 긴 낚싯줄을 그레이 목걸이에 채우고 실링팬을 튼 다음 회의실 문을 닫고 10분쯤 업무를 하고 있으니 안에서 급하게 캑캑거리는 소리가 들렸어요. 대형견이라 그런지 마치 어린아이가 캑캑대는 것 같았어요. 누군가 회의실을 열려고 했지만 잠겨 있었고 열쇠는 제 가방에 있었으니 아무도 문을 열지 못했어요. 직원들이 열쇠를 찾으러 우왕좌왕하는 동안 캑캑거리는 소리는 점차 잦아들었고 그때 제가 말했어요. '에이, 무슨 일이야 있겠어요? 소리가 이제 안 나는 걸 보니 괜찮아졌나 봐요. 이따가 점심 먹고 대표님 오실 때쯤 열쇠 아저씨 불러요'라고요. 그때 이주희 차장님도 모니터에서 눈을 떼지 않은 채 '그래요'라고 하셨어요. 그때 얼마나 예뻐 보였는지 몰라요. 뽀뽀라도 해주고 싶었다니까요."

"뽀뽀요?"

점점 더 이상한 이야기라는 기분이 들어 묻자 그녀는 부끄러운 듯 몸을 배배 꼬며 수줍게 말했다.

"뭔가, 제 말에 동조하는 모습도 예쁘고 대표님 일에 유난 떨지 않는 모습도 예쁘고."

"만약… 열쇠 아저씨를 불렀다면요?"

"그때는 기회다 생각하고 제 마음을 고백해야죠."

황당해서 말이 안 나왔다. 목 졸라 죽인 개 앞에서 해명이랍시고 사랑 고백을 한다고? 잠깐의 정적 동안 밤바다는 무심히 철썩이고 있었고 그녀는 잠시 누군가를 생각하는 듯 미소를 짓더니 말을 이었다.

"아무튼 저는 반차를 냈으니 점심시간에 가방을 챙겨서 나가고 직원들은 모두 밥을 먹으러 나갔어요. 누군가 나갈 때 회의실 문에 대고 '그레이, 잘 있지? 이따가 꺼내줄게'라고 인사했어요. 그레이가 못 듣는지도 모르고 말이에요. 저는 집에 가는 척하다가 회사로 돌아와 열쇠로 회의실 문을 열었어요. 그레이가… 공중에 목매달려 있었어요."

그녀는 갑자기 목이 멘 듯 말을 멈추고 고개를 돌렸다. 도대체 이 여자가 신난 건지 슬픈 건지 감도 잡히지 않았기에 애원하듯 말했다.

"힘들 텐데 그만 말씀하세요."

내 애원에도 그녀는 아랑곳 않고 이야기를 이어나갔다.

"그레이가 회의실 책상에 오줌을 지렸더라고요. 저는 책상에 올라가 가위로 낚싯줄을 끊었어요. 그레이가 떨어지면서 오줌이 튀었어요. 슬펐어요. 저는 회의실 문을 잠그고 나왔어요."

혀를 길게 빼고 오줌을 지리며 실링팬에 딸려 올라가 목매달려 죽은 개를 상상하자 술이 확 깨는 느낌이었다. 그녀는 갑자기 명랑하게 말을 이었다.

"그 뒤로 어떻게 되었는지 궁금하시죠? 저는 다음 날 아침에 일찍 와서 실링팬 기둥에 감겨 있는 낚싯줄을 빼냈어요. 그리고 그레이처럼 얌전히 제자리에 앉아서 기다렸어요. 당연하게도 그레이는 회의실에 있다가 갑자기 혼자 캑캑거리더니 나중에 문을 열자 책상에 올라가 죽어 있던 걸로 보고가 되었더라고요. 저는 이주희 차장님을 기다리고 또 기다렸어요. 그런데 이주희 차장님이 병가를 내고 안 오시더라고요. '그레이가 뭐 잘못 먹은 거 아니야?'라고 어제 대표님이 노발대발하며 소리쳐서 차장님이 눈물을 흘렸다고 들었어요. 서운하고 억울한 김정이겠죠. 제가 느꼈던 서운하고 억울한 감정처럼요."

"이제 그만 숙소로 가요. 와! 너무 춥다!"

벌떡 일어나서 추운 척 손바닥으로 팔을 쓸며 말하는 나를 그녀는 말없이 보더니 이내 일어나 자기 옷에 묻은 모래를 툭툭 털었다. 나는 그녀의 비위를 맞추기 위해 떨리는 목소리로 말했다.

"대표님을 많이 사랑하셨나 봐요."

"제가 사랑한 건 대표님이 아니에요."

"아…."

"난 그레이를 매달아야 했어요. 대표님을 그레이 대신 매달고 싶었는데."

그녀는 진심으로 아쉬워하며 말했고 그 표정을 보면서 나도 모르게 식은땀을 흘렸다. 나는 숙소에 도착하자마자 짐을 싸서 황급히 숙소를 떠났다. 터미널 근처 찜질방에서 밤을 보내고 날이 밝자마자 집으로 가는 첫 차를 탔다. 고속버스가 강릉 톨게이트를 벗어나는 걸 보고서야 안심이 되었는지 밀린 잠이 쏟아졌다. 꿈에서 목이 졸려 캑캑거리는 대형견의 처절한 몸부림이 눈앞에 펼쳐져 자꾸 깨곤 했지만 말이다.

여행에서 돌아온 후 나는 누군가를 마음속에 들여보낼 때 외모로 섣불리 판단하지 않겠다고 다짐했다. 나는 이 철칙을 아직까지도 절대적으로 지키고 있다. 강릉 바닷가에서 아름다운 그녀를 만난 이후로는.

유모차 이야기

"안녕 주야!"

혼자 카페에 앉아 있다 누군가 나를 부르는 소리에 돌아보니 강슬지가 서 있었다. 중학생 때 왕따였던, 스무 살에 노을을 보자며 나를 산에 데리고 가 혼자 사라졌던 강슬지. 슬지는 그날의 일은 기억나지 않는다는 듯 태연한 얼굴로 맞은편에 앉았다.

'뻔뻔한 년.'

그날만 생각하면 속에서 천불이 났다. 날이 밝기까지 난 산속에 혼자 버려져 있었다. 춥고 무서워서 덜덜 떨면서도 혹시나 슬지가 돌아올까 봐 그 자리를 벗어나지도 못했다. 해가 뜨자마자 무슨 정신으로 산을 내려왔는지 기억조차 나지 않았다.

말간 얼굴로 앉아 있는 슬지에게 요즘 뭐 하고 지내느냐고 물었다. 폭발하려는 짜증을 누르고 우아한 태도를 견지하려 애썼다. 슬지는 근처 조그만 의류 쇼핑몰에서 MD로 일하고 있다고 했다. 예상은 했지만 엄청 잘나가지는 않아서 다행이었다. 나보다 잘살고 있었으면 짜증을 참지 못했을 거다. 슬지도 나에게 근황을 물어보았다. 나는 할 얘기가 많았다. 우선 연미 얘기에서 시작했다.

"너 중학생 때 연미 기억하지? 연미가 내 SNS를 보고 어느 날 연락을 한 거야. 요양 보호사 자격증 취득했냐면서 말이야."

극작과를 졸업하고 나서야 글 쓰는 게 적성이 아니라는 걸 깨달은 나는 허송세월만 보냈다. 당연히 그 나이 먹도록 아무 경력도, 자격증도 없는 나를 취직시켜 주는 대기업은 없었다. 그렇다고 그저 그런 곳에 취업을 하자니 성에 차지 않았다. 고민하다가 우선 뭐라도 하라는 부모님 등쌀에 못 이겨 요양 보호사 자격증을 취득했다. 국비 지원 과정이었기에 수강료가 안 드는 건 물론, 매달 교육 장려금이 지급되어서 고른 과정이었다. 자격증을 따고 아무 생각 없이 SNS에 올렸는데 중학교 동창인 연미에게 연락이 왔다. 연미는 과하게 반가워하며 한번 만나자고 약속을 잡았다.

"그러더니 갑자기 자기 남편이 불의의 사고로 하반신 마비가

되어서 재활치료 중이래. 그래서 입주 간병인을 구하고 있는데
안 구해진다고 나한테 혹시 생각 있냐는 거야. 근데 걔 남편이
누군 줄 알아? 인터넷에 치면 나오는 유명한 주식 투자자인데,
너도 들으면 알 거야. 김원식이라고 돈 진짜 많고 좀 생긴 남자
있단 말이야. 그 남자랑 결혼했던 거야. 완전 로또 잡은 거지!"

"원래부터 연미도 잘살았어."

슬지의 말에 기가 차서 말했다.

"야, 어릴 때 연미가 솔직히 시골에서나 떵떵거리고 살았지
이 정도는 아니었어. 걔 지금 판교에 살아. 판교 전원주택 단지
에 자가로 애 하나 키우며 살고 있다고. 그게 몇 억인 줄 알아?
걔 남편…."

여기까지 말하자 최근 있었던 일이 생각나 열이 뻗쳐 말을
멈췄다. 연미가 부럽고 연미가 가진 돈이 부러워서 나는 원식
을 처음 만난 순간부터 작정하고 유혹하는 중이었다. 하지만
그는 지금까지도 넘어오지 않고 연미만 바라보고 있었다. 다른
남자들처럼 치켜세워 주면서 살살 꼬드기면 될 거라고 생각했
는데 쉽게 넘어오지 않았다. 은근슬쩍 노출 있는 옷을 입고 우
연인 것처럼 살짝살짝 터치하며 눈웃음도 지어봤지만 그것도
통하지 않았다. 어릴 때부터 인형같이 생겼다는 말을 지겹도록
듣고 자라며 주위에 끊이지 않고 남자가 있었던 나에게도 그는

쉽지 않았다.

"주야, 왜 그래?"

"그 김원식이라는 남자, 사실 그 남자가 나한테 관심 있거든? 그 남자가 하도 들이대니까 나도 조금 관심이 생겼어. 야, 사실 관심이 안 생길 수가 없지 않냐?"

"역시 주가 예뻐서 그래."

"흥. 그런데 원식 씨가 연미 때문에 나에게 완전히 마음을 못 주고 있어. 완전히 빠져야 하는데 말이야."

"주가 얼마나 예쁜데 주에게 완전히 안 빠질까?"

"그러니까…. 얼마 전에는 내가 팔짱을 끼니까 내 팔을 처내는 거야."

"주에게 관심 있는 게 맞아?"

"몰라. 야, 솔직히…."

고민하다가 답답한 심정을 다 말해버릴까 싶었다. 어차피 오늘만 만나고 말 애였고 얘가 연미와 연락할 방법은 없을 테니 감정 쓰레기통으로 써버리고 말면 그만이었다. 나는 원식에 관한 진짜 이야기를 꺼냈다. 슬지는 고민하다가 간단하게 대답했다.

"간단해. 열등감을 파고들어!"

열등감이라는 말을 들으니 바로 감이 왔다. 그리고 슬지가 말한 그가 가진 열등감을 이용하는 방법은 굉장히 효과적이었다.

그는 때때로 교통사고로 갑자기 하반신 마비가 된 자신이 너무 초라하다고 했다. 처음에는 "어휴, 아니에요. 얼마나 매력적이신데요" 하며 치켜세우던 나는 전략을 바꿔 "그러게요. 연미가 불쌍해요. 한창 예쁠 나이인데" 따위의 말을 했다. 그러면서 원식의 앞에서 연미에게 괜히 한마디씩 던지기 시작했다. "오늘 왜 그렇게 예쁘게 입고 나가? 누구 만나?" 같은 말들을.

그럴 때마다 원식의 얼굴에 불안감이 스쳐 지나가는 걸 볼 수 있었다. 연미가 언젠가는 떠나버리고 말 거라는 불안감을 꾸준히 단단하게 심어놓자 원식이 연미에게 사소한 일로 의심하고 화를 내는 일이 잦아졌다. 둘은 멀어졌고 서로를 피하기 시작했다.

그날도 나는 원식이 앉아 있는 휠체어를 밀어주며 연미에게 말을 건넸다.

"연미야, 저번에 카페에서 얘기하고 있던 남자 누구야?"

"무슨 남자? 무슨 소리를 하는 거야?"

"잘생긴 남자랑 엄청 웃으면서 얘기하고 있었잖아."

"언제? 나 그런 적 없어! 너 무슨 소리를…"

"너무 즐겁게 얘기하는 것 같아서 아는 척 못 했었는데 내가 다른 사람이랑 착각했나 봐. 미안! 원식 씨, 잠깐 산책 가요."

어이없어하는 연미를 두고 나는 휠체어를 밀고 밖으로 나갔다. 그날 저녁, 어김없이 원식과 연미는 부부싸움을 했다. 싸움이 거세지자 연미가 결국 외쳤다.

"나도 아기만 없었으면 진작 당신 떠났어!"

원식도 지지 않고 따졌다.

"아기 때문에 어쩔 수 없이 나랑 사는 거야? 그럴 거면 아기 두고 미련 없이 떠나!"

몰래 웃음을 참으며 일이 잘되어가는 것에 기뻐했다. 그다음에는 집안 빵빵하고 매사 당당한 연미보다 헌신적이고 지고지순한 내가 그에게 딱이라는 생각을 하도록 공들였다. 매일 열등감을 자극해 제대로 파고들자 넘어오는 것은 순식간이었다. 그는 버려지기 무서워 연미를 먼저 버릴 것이다.

당연하게도, 나는 헌신적이지도 지고지순하지도 않다. 외모는 봐줄 만했지만 하반신 마비인 원식을 남자로서 매력적으로 느끼지도 않았다. 나도 중학생 때 아버지 사업이 망하기 전에는 기사 딸린 차를 타고 학교에 가던 부잣집 아가씨였다. 그런데 지금은 어떻게 살고 있는가. 이 기회를 놓치면 신분 상승의 기회는 없다. 내 나이도 곧 서른이고, 내가 가진 유일한 무기인 미모도 나이가 들수록 시들 것이다. 주춤주춤하다가는 요양 보호사로 30, 40대를 보내며 그저 그런 남자와 결혼해 고생만 하고 큰돈 만져볼 새 없이 늙어갈 것이다.

그런데 원식과 결혼만 한다면 재벌처럼은 아니어도 연미처럼 명품 백 정도는 주기적으로 바꾸며 살 수 있을 것이다. 그러면 엄마 아빠의 노후 준비도 끝이었다. 엄마 아빠를 생각해서라도 나는 원식을 잡아야 했다. 슬지와 주기적으로 연락하면서 내 일상을 전하는 척 연미 부부의 일상과 부부 싸움 소식을 매일 전했다.

어느 날은 슬지를 직접 만나서 말했다.

"원식 씨가 나에게 넘어온 것 같아. 최연미가 나를 자르려고 하니까 절대 자르지 못하게 하더라. 그리고 걔네 맨날 싸운다? 남들 다 자고 있는 밤에 이상한 소리가 나서 부엌으로 나가봤더니 최연미가 혼자 부엌에서 술 마시면서 울고 있는 거 있지? 속이 다 시원하더라. 킥킥!"

"여름철에 속이 시원했다니 다행이다."

"야, 이걸로는 부족해. 최연미가 얼마나 약은 줄 알아? 걔네 집이 산 깎아서 만든 전원주택이라서 걔네 집 가려면 가파른 오르막길을 올라야 된단 말이야. 그런데 자기는 빈손으로 가뿐가뿐 앞서서 가고 나는 무거운 장바구니 두 손에 들고 낑낑거리며 올라가. 요양 보호사가 아니라 하녀처럼 부린다니까."

슬지는 뭘 어쩌라는 거냐는 표정으로 나를 빤히 보고 있었다. 나는 머쓱하고 당황해서 아무 말이나 꺼냈다.

"근데 너 스무 살에 날 산에 버리고 간 적 있잖아. 그때 네가 남자 친구라던 박현재 SNS 찾아서 연락해 보니까 너랑 사귄 적 없다고 하더라?"

"응, 맞아. 그냥 현재 SNS에 있는 사진 캡처해서 너 보여준 거야."

죄책감을 유도하려 했지만 강슬지의 뻔뻔한 태도에 옛날 일을 추궁하는 것은 관두고 전략을 바꿨다.

"중학생 때 널 따돌린 건 미안해. 그런데 그건 연미가 시켰던 거야. 너랑 나는 원래 친했잖아."

"응, 맞아. 친했어."

슬지가 마치 행복한 기억을 떠올리는 것처럼 배시시 웃었다. 그 표정에 불쾌해졌지만 여기서 말을 돌리면 지는 것 같아 슬지의 기분이 안 좋아질 만한 이야기를 생각했다.

"너 옛날에 기억나? 중학생 때 우리한테 소리 지른 거. 악쓰면서 '너네 그만해! 너네 때문에 나 죽고 싶은 적도 많아!'라고 했었잖아. 정말 웃겼는데."

키키거리며 말하자 슬지의 표정이 어두워졌고 이거다 싶어

이야기를 이어갔다.

"최연미가 뭐라 했는지 기억나지? '그럼 죽어'라고 했잖아. 아 웃긴다!"

예전 생각이 나서 입가에 미소가 지어졌다. 그때는 내가 교실에서 제일 잘나갔는데. 최연미보다 더. 슬지가 불안한 듯이 시선을 가만히 두지 못하고 말을 돌리며 물었다.

"그래서 둘은 계속 같이 살 거래?"

"응, 아직까지는 그래. 이혼 안 한대, 아기 때문에. 둘이 웃기는 게 뭔 줄 알아? 소리 지르고 싸우다가도 아기가 울면 싸우던 것도 멈춰. 어떤 날은 갑자기 둘이 꼭 붙어서 아기 자는 거 들여다보고 있어. 아기가 한번 웃기만 해도 갑자기 사이가 좋아져서는…"

"그럼 아기만 없으면 돼?"

놀라서 슬지를 쳐다봤다. 슬지는 다 안다는 듯이 진지한 눈으로 나를 바라보며 동의를 구하고 있었다. 슬지는 내가 전한 연미 부부의 일상을 기억하고 있는지 말을 꺼냈다.

"연미가 유모차 세탁을 주기적으로 전문 업체에 맡긴다고 했잖아. 이번에 맡기면 찾아올 때는 주가 유모차 찾아온다고 해."

"내가 왜?"

"찾아온다고 하고 똑같은 모델의 개조한 유모차를 대신 갖고 와."

"개조한 유모차?"

"손잡이 양쪽을 철물점에 가서 절단한 다음에 안쪽에 네오디뮴 자석이라는 강한 자석을 넣어 붙여봐. 5킬로그램 정도의 하중을 견딜 수 있는 자석이 있어. 연미네 집이 가파른 내리막길이라고 했잖아. 내리막길 아래는 대로변이라고 했고. 평지에서는 바퀴가 있으니까 잘 굴러가다가 내리막길에서 하중 때문에 갑자기 손잡이가 떨어져 나갈 거야. 유모차는 대로변에서 바로 차와 충돌할거고."

"뭐라고?"

"연미가 피투성이가 된 아기를 안고 오열하면 주는 사고 현장을 수습해 준다고 하고 연미를 병원으로 보내. 그다음 사고 현장의 유모차 잔해를 치우고 원래 유모차로 다시 바꿔치기해. 사고 당한 것처럼 차로 미리 찌그러뜨려 놓은, 손잡이는 멀쩡한 원래의 유모차로."

"슬지야…"

"주야, 얼굴이 창백해. 인형 같아서 너무 예뻐. 대로변에는 CCTV가 있겠지만 CCTV로 손잡이가 떨어진 것까지 잡아내지는 못할 거야. 애초에 상상도 못 하겠지. 나중에 연미는 손잡이 떨어졌다는 말만 미친 듯이 하겠지만 바꿔치기한 유모차 잔해는 철제만 조금 찌그러졌을 뿐 손잡이가 잘 달려 있을 거야."

"…슬지야, 나 그렇게는 못 해."

"아기를 그렇게 만든 연미를 원식 씨는 쉽게 용서하지 못할 거야."

"슬지야, 나 못 해."

"주야, 해야 돼. 이것만 성공하면 너의 인생이 바뀔 거야."

"슬지야, 나는…."

내 눈에 눈물이 차올랐다.

핑크 공주 이야기

사무실에 도착해 자리에 앉아 컴퓨터를 켰다. 아직 업무 시간 전이라 매일 그렇듯이 친환경 플라스틱 텀블러를 들고 뜨거운 물을 받으러 정수기로 향했다. 그러다 무심코 정수기 옆에 놓인 전신 거울 앞에서 오늘의 옷맵시를 점검해 보았다. 하늘하늘한 분홍색 원피스에 분홍색 머리띠를 한 나는 내가 봐도 예뻤다. 정수기 바로 옆 자리에 앉는 민국이 이런 나에게 말을 걸었다.

"주희 차장님, 오늘 핑크 원피스 입으셨네요. 역시 핑크 공주!"

"네 이놈, 공주님께 무엄하다!"

내가 장난으로 짐짓 엄하게 호통치자 민국이 웃기다는 듯 킥킥거렸다. '핑크 공주'라는 별명을 부인할 수 없을 정도로 나는 인디언 핑크, 베이비핑크, 핫 핑크 할 것 없이 분홍색이라면 무조건 좋아했다.

점심시간이 되어 모두 우르르 소고기 국밥집으로 향했다. 비가 부슬부슬 내리고 있어 나는 리본이 프린트된 연분홍색 3단 우산을 펼쳐 대표와 사이좋게 반씩 나눠 썼다. 바로 뒤에서 슬지와 민국의 대화가 들렸다. 민국이 우산을 안 가져왔는지 슬지가 우산을 씌워준 모양이었다. 그러나 민국은 그게 어색했는지 쓱 우산 아래서 빠져나오며 이렇게 말했다.

"남자가 무슨 이 정도 비에 우산이에요. 진짜 남자는 우산 안 쓰는 거예요."

"성적인 고정관념이에요. '나는 우산 안 쓴다'라고 해야지 남자는 우산 안 쓴다고 하는 건 이상해요. 우산 안 쓰는 여자도 있고 우산 쓰는 남자도 있잖아요."

비가 오면 남자고 여자고 우산은 다 쓰는 거 아닌가. 그냥 한 말에 꽂혀서 괜히 꼬투리를 잡는다 싶었지만 심리학 운운하는 슬지의 뒷말에 흥미가 생겨 귀를 기울였다. 슬지가 떨떠름해 보이는 민국에게 차근차근히 설명했다.

"저는 심리학을 전공해서 성적 고정관념에 대해 학술적으로 알아요. 사람은 보통 3세 이전에는 남녀 차이를 보이지 않다가

약 4세 이후부터 남녀가 다르게 행동해요. 남자아이는 로봇 선택하고 여자는 쥬쥬 인형 선택하고 그런 식으로요. 그런데 재미있는 건, 그렇게 선택하는 게 선천적인 게 아니라 후천적 결과라는 거예요. 사람은 사회적 동물이기 때문에 사회적 관념에서 자유롭지 못해요. 겨우 4세만 되어도 주변 환경에 의해 성적 고정관념이 형성된다는 거죠."

민국은 딱히 슬지의 그 말에 대답을 하지 않았고 그렇게 대화는 마무리되었다.

밥을 먹고 다시 사무실로 돌아와 업무에 한참 집중하다 보니 퇴근 시간이었다. 의류 회사의 MD이자 대표 다음 가는 총책임자를 맡고 있는 터라 요즘 담당하는 업체가 늘어서 야근을 밥 먹듯이 하는 편이었다. 그래도 밑의 직원들이 야근하는 건 내가 마음이 불편했다. 그래서 직원들이 야근해야 할 만한 일거리가 있으면 내가 대신 가져와서 후딱 해치워주고는 했다. 그게 오히려 마음 편하기도 했고 워낙 작은 회사다 보니까 직원들이 자주 빠져나갈까 봐 더 신경을 썼다. 그래도 우리 회사는 몇 년 전에 비해서 몸집도 많이 커지고 수익도 상당해져서 근방에서는 알짜배기 회사라고 불리고 있었다.

모두가 가방을 챙기고 나가는데 슬지만 자기 자리에서 머뭇거리고 있었다. 슬지와 나를 제외한 모두가 사무실을 나가자 슬지가 갑자기 의자를 끌고 내 자리 옆으로 왔다.

"슬지 씨, 왜 안 가고 있어? 할 일이 있어요?"

"차장님에게 할 말이 있는데…."

"아, 오전에 그 보고서?"

"보고서 말고 제 학창시절 이야기를 차장님께 하고 싶은데…. 최근에 중학생 때 친구랑 우연히 만나게 되면서 다시 친해졌거든요."

나는 이게 무슨 말인가 싶어 눈을 동그랗게 떴다. 일 없으면 퇴근하라고 하려다 맘이 바뀌었다. 평소 슬지는 일은 잘하지만 직원들과 조금의 거리가 있는 직원이었다. 심지어 슬지가 싸하다고 뒤에서 수군거리는 직원도 있었다. 일도 중요하지만 직원 관리에도 신경 써야 하는 게 중간 관리자인 내 몫이었다. 게다가 슬지는 이 회사에서 나를 제외하고는 유일한 여직원 아니던가. 나는 숨을 한번 들이쉬며 키보드에서 손을 떼고 텀블러를 들었다. 시간도 많은데 이참에 어떤 사람인지 좀 볼까 하는 마음에 상냥히 대꾸해 주었다.

"그래? 잘됐네."

"그 친구 이름은 주주예요. 성이 주고 이름도 주예요."

"사람 이름이 주주라고? 주주총회 할 때 주주?"

"네. 주주 부모님이 쥬쥬 인형처럼 예쁘게 자라라고 주주라고 지었대요."

"그럼 친구를 부를 때 '주여' 하고 부르면 되나?"

내가 던진 농담에도 아랑곳 않고 슬지는 자기 할 말을 시작했다.

"주주를 처음 만났던 건 중학교 1학년 교실에서였어요. 반애들 앞에서 전학 왔으니 잘 부탁한다고 수줍게 인사하던 주주는 긴 생머리에 얼굴이 하얗고 인형같이 생긴 애였어요. 그런데 얼마 전 잘못된 선택으로 친구의 아기를 죽여서… 교도소에 들어갔어요. 면회 가서 보고 왔는데 여전히 예뻐요. 특히 죄수복을 입었는데 잘 어울리고 예뻐요."

"혹시 뉴스에 나온 신생아 유모차 살인 사건? 그거 사고 처리될 뻔했는데 누가 신고했다면서? 카페에서 우연히 범행 계획을 들었다고 익명의 신고자가 신고했대."

"신고자가 사실 저예요. 범행 계획을 우연히 들었는데 주를 바른 길로 이끌어주고 싶어서요."

"뭐라고? 그렇게 유명한 사람이 우리 회사에 있었단 말이야? 친구를 신고하기까지 고민이 많았겠네."

"없었어요. 제가 바라왔던 일이었어요. 주와 친해지는 일요."

무슨 말인지 이해가 안 되어서 대답을 못하고 있자 슬지가 이어 말했다.

"그렇잖아요. 정말 예쁜 애라서 저 말고도 주변에 친구가 많았을 거예요. 그런데 이제 교도소 들어갔으니까 저랑 더 친해질 수도 있고요."

"아… 설마 이제 다른 친구들은 그 친구를 피할 테니까?"

"가서 볼 때마다 얼마나 예쁜지 몰라요. 인형의 집에 있는 쥬쥬 인형 같아요. 보고 싶으면 언제든 면회 가서 예쁜 얼굴 구경하면 돼요. 제가 피자도 사식으로 넣어주고 그래요. 주는 제가 면회 갈 때마다 간절한 눈빛으로 '나 계속 찾아와 줄 거지?'라고 물어요."

슬지가 수줍게 눈을 맞추며 웃었다. 자기가 신고해 놓고 그 사실을 비밀로 하고 친구를 주기적으로 찾아가서 피자를 사식으로 넣어준다고? 왠지 온몸에 소름이 돋아 대화를 그만하고 싶었다. 몸을 틀어 마우스를 잡고 컴퓨터 화면으로 고개를 돌렸다. 하지만 슬지는 갈 생각을 안 하고 계속 얘기를 이어나갔다.

"중학생 때 주가 처음 전학 왔을 때요, 한눈에 주가 마음에 들었던 저는 먼저 주에게 말을 걸었고 우리는 금세 친해졌어요. 저는 주와 오래 친하게 지내고 싶어서 달님에게 남모르게 소원을 빌 정도였어요. 다만 주와 친하게 지내기 위해서는 주랑만 친하게 지내야 했어요. 어떤 애랑 이야기하고 있으면 주가 나타나서 저를 한쪽 구석으로 데려가 '쟤가 너를 싫어하는 것 같아' 따위의 말을 했거든요. 그 애가 저를 자꾸 째려보는 것 같다느니 하는 말들을 늘어놓으면서요. 어렸던 저는 그 말을 들은 후 저를 째려봤다던 그 아이에게 말을 걸기가 망설여졌고 그 아이가 말을 걸면 움츠러들어 피하기 바빴어요."

"음… 내가 할 일이 좀 있어서 말이야. 슬지 씨도 바쁘지?"

"제가 다른 애하고 놀고 있을 때도 주가 나타나서 저를 한쪽으로 끌고 가 '걔가 네 험담하고 다니는 거 알아?' 따위의 말을 했어요. 이후에 그 친구랑 장난이라도 치는 날에는 집에 가는 길에 주가 어김없이 넌 자존심도 없냐며 그런 애랑 아직도 친구냐고 비아냥거렸어요."

"응. 그랬구나. 저 슬지 씨, 나 할 일이 좀 있어."

"저는 그런 말을 듣고 가만히 있을 수가 없었고 결국 주가 지목한 애들을 모른 척 무시하고 퉁명스럽게 대할 수밖에 없었어요. 변한 저의 태도에 친구들이 상처받는 게 보였고 눈치를 살피며 저에게 더 조심스럽게 대하는 애도 있었어요. 어리석게도 그때의 저는 마치 뭐라도 된 느낌이 들었던 것 같아요. 그것도 잠시였고 몇 달 지나자 모두가 지쳤는지 저에게 말을 걸지 않았어요. 그땐 이제야 주어진 숙제를 다 해냈다는 생각에 홀가

분함마저 들었어요."

"그래. 이런저런 일 있었다는 거 알겠으니까 가서 슬지 씨 할 일 하세요."

"주도 자신에게 고마워하라며 이렇게 말했어요. '나 아니었으면 어쩔 뻔했냐? 너 원래 눈치 없어서 이런 거 잘 모르잖아. 널 싫어하는 애들한테 웃어주면서 이용당할 뻔했어. 내가 있어서 다행인 거야'라고요. 저는 고마워했어요."

이쯤 되니 여기서 탈출하려면 얘기를 들어주는 수밖에 없다는 생각이 들었다. 마우스에서 손을 떼고 슬지를 향해 몸을 돌려 다시 집중했다. 슬지는 시선을 내리깐 채 어떤 회상에 잠겨 꿈꾸는 것 같은 표정이었다. 마치 내가 옆에 있는 것도 잊은 듯 끄는 걸 깜빡한 녹음기처럼 혼자 계속 말을 읊조렸다.

"평화도 잠시, 주와 싸우게 된 날이 있었어요. 일방적으로 주가 잘못한 일이었지만 주는 사과하지 않았어요. 저는 주와 싸우자 같이 다닐 친구가 없다는 것을 그제야 깨달았어요. 후회했지만 이미 소용이 없었어요. 저는 주에게 먼저 사과하고 주마저 잃을까 봐 눈치 보며 지내게 되었어요. 어느새 주는 공주고 저는 하녀가 되었어요."

"그게 친구야? 나 같으면 안 보고 말 거야."

"점점 공주처럼 행세하던 주는 반상인 연미와 신경전을 벌이기 시작했어요. 단순한 기 싸움이라기보다는 교실 내의 보이지 않는 알력 다툼이라 보는 게 더 맞았죠. 연미는 아버지가 시골에서 농수산물 유통 사업을 크게 하시는 분이시라서 집도 잘살았고 성격도 당당한 애였어요. 저는요, 아직도 그 하굣길이 생생하게 기억나요. 주는 연미와 싸우고 난 후에 짜증이 나는 듯 하굣길에 공연히 저에게 짜증을 냈어요. 그때도 저는 눈치를 보며 미안하다고 사과했어요. 집에 돌아가 누워 있는데 주에게서 전화가 왔어요. 주는 대뜸 연미를 어떻게 생각하냐고 물었고 주의 기분을 맞춰주기 위해 저는 연미의 험담을 꺼냈어요."

"에이 그렇게 다 맞춰주면 안 되지. 그럴 때는…."

"주는 그다음 연미의 친구인 진아를 어떻게 생각하느냐고 했어요. 진아는 예전엔 친했지만 그때는 이미 주 때문에 소원해진 지 오래였어요. 주는 저와 진아가 친하게 지내는 것을 싫어했어요. 저는 주 듣기 좋게 진아 욕을 했고 그렇게 주는 반 여자애들을 어떻게 생각하는지 한 사람 한 사람 모두 물었어요. 시골이라 여자애들은 열 명 남짓이었어요. 제가 주를 뺀 모두의 험담을 하자 주는 만족한 듯이 내일 보자고 했어요. 저는 주의 시험을 통과한 기분이 들어 마음이 놓였어요. 그리고 잠에 들었어요."

나는 슬지뿐 아니라 주주라는 친구도 이상하다는 생각이 들어 이상한 사람끼리는 자석처럼 끌어당기나 싶었다. 슬지는 갑자기 손을 빠르게 비비며 불안해하는 모습으로 말을 이었다.

"다음 날부터 반 애들은 저를 노골적으로 피하기 시작했어요. 더 황당한 것은 주도 나를 못 본 척했다는 거예요. 이유를 물어도 대답해 주지 않았고 저는 한순간 투명 인간이 된 것 같은 느낌이었어요. 영문도 모른 채 배척당했고 주와 연미는 서로 장난을 주고받는 사이가 되어 있었어요. 점심시간이 되자 진아가 살짝 저를 불러 실상을 말해줬어요."

그 순간 갑자기 슬지가 아기 귀신 들린 듯한 목소리로 빠르게 주절대기 시작했다. 녹음기를 빨리 돌린 것 같은 목소리였다.

"내가 알려줬다고 말하면 안 돼. 너 잘 들어. 어제 주주랑 통화했지? 그때 주주랑 최연미랑 모여서 휴대폰에 이어폰 꽂고 같이 듣고 있었어. 그리고 녹음 버튼 누르고 통화한 거라서 녹음 파일 반에 쫙 퍼졌어."

섬뜩해진 내가 갑자기 왜 이러냐고 외쳤지만 슬지는 나를 물끄러미 쳐다볼 뿐이었다. 슬지의 공허한 눈빛에 도망치거나 소리 지르지도 못하고 나는 얼어 있을 수밖에 없었다. 슬지가 한참을 잠자코 나를 바라보기만 하더니 입을 열었다.

"제가 왜 이런 얘기를 하는지 아세요? 그 친구 정말 예뻤거든요. 얼마큼 예쁜지 아세요?"

"내, 내가 그걸 어떻게 알겠어?"

"주주는요, 차장님만큼 예뻤어요."

나는 얼어서 무슨 말을 해야 할지 몰라 어버버하고 있었다. 슬지가 내 손목을 끌어 가더니 손에 쥐고 있던 무언가를 채워 줬다. 한눈에 보기에도 낡고 촌스러운 팔찌였다. 가까스로 이성을 찾은 나는 자기 엄마 것이었다는 슬지의 말에 엄마 팔찌를 왜 나에게 주냐고 물었다. 그랬더니 슬지는 얼굴을 붉히며 말했다.

"주주만큼 예쁜 사람은 차장님이 처음이에요. 난 차장님이 예뻐서 좋아요. 아마 사랑인 것 같아."

나는 너무 깜짝 놀라 비명을 지르며 황급히 팔찌를 집어 던지고 가방을 챙겨 도망쳐 나왔다. 예상도 못 했을 뿐더러 이렇게 이상하고 싸한 사람의 애정 따위 받고 싶지 않았다. 아는 사이로 지내는 것조차 싫었지만 직장 동료여서 참을 수밖에 없다고 생각하니 눈앞이 깜깜했다. 나는 다음 날부터 슬지를 노골적으로 무시했지만 그녀는 계속 내 곁을 맴돌았다.

그로부터 며칠 후, 마감 기한이 가까워져 오는데 거래처에서는 아직 발주 넣은 의류가 제작 전이라고 통보해 왔다. 회사가 비상 상황이니 대표를 포함해 직원 모두가 남아서 야근을 해야 하는 상황이었다. 그래도 다 같이 남아 분주히 움직인 터에 급한 불은 우선 끌 수 있었다. 8시 반이 지나 일을 대강 마무리하자 대표님이 고생했다고 피자를 먹고 가라고 했다. 모두 저녁도 못 먹고 일을 해서 배가 고팠는지 회의실에 모여서 피자를 먹으며 수다를 떨고 있었다.

"어휴, 나는 이 회의실 왠지 찝찝해. 보통 수컷 개는 오줌을 기둥 같은데 누지 않나? 그레이는 왜 갑자기 책상에 올라가서 오줌을 지리고 세상을 떠난 거야?"

"모르죠. 뭐 잘못 먹었거나…."

민국은 그 말을 뱉고서 아차 싶었는지 내 눈치를 보았다. 슬지는 갑자기 화장실을 간다고 나갔고 대표는 괜히 헛기침을 했다. 나도 싸한 분위기를 바꿔보려고 슬지가 나가자마자 화제를 돌리기 위해 아무 말이나 뱉었다.

"그거 알아요? 슬지 씨가 저한테 고백했어요. 나 좋아한다고 말이야. 순간 소름이 돋아서 도망 나왔어. 나한테 팔찌도 줬는데 자기 엄마 팔찌래. 팔찌를 주려면 좋은 팔찌를 좀 사주지 자기 엄마가 쓰던 팔찌를 왜 주는지 몰라."

다들 놀랐지만 이내 흥미로운 가십거리라도 소비하듯이 한마디씩 던지며 낄낄거렸다. 슬지를 별로 좋아하지 않는 사람들이기에 당연하게도 대부분이 비아냥거리는 말이었다. 그때 민국이 뭔가를 보고 외쳤다.

"잠깐, 저기 슬지 씨 아니에요? 문 뒤에?"

순간 문가 뒤로 길게 늘어져 있던 사람 그림자가 후다닥 사라졌다. 사라지는 발소리를 확인하지 않고 떠들던 것이 잘못이었다. 다들 할 말을 잃고 순간 조용해졌다. 이야기를 꺼내고는 크게 소리 내어 웃던 나도 머쓱한 마음이 밀려들었다. 대표가 자신이 책임지고 슬지와 이야기를 해보겠다며 뒤따라 나섰다. 잠시 후 대표가 돌아오자 민국이 물었다.

"대표님, 슬지 씨랑 무슨 얘기를 하셨어요?"

"많은 이야기를 나눴어. 슬지 씨도 사람들한테 조금 다가가보라고 말이야. 다른 사람들은 가끔씩 커피도 사고 그러는데 슬지 씨는 단 한 번도 그런 적이 없다고 말이야. 그랬더니 앞으로 카페에서 음료수도 사고 그러겠대."

대표의 말이 사실임을 증명이라도 하듯 다음 날 아침에 열린 회의실 문틈으로 진한 초록색의 클렌즈 주스가 회의실 책상에 좌르륵 나열되어 있는 게 보였다. 클렌즈 주스에는 코바늘로 직접 뜬 것 같은 컵 홀더가 끼워져 있었다. 감탄하면서 보다가 회의실 밖으로 고개를 내밀어 이게 뭐냐고 묻자 대표가 대답했다.

"그거 회사 앞에 있는 카페에서 슬지 씨가 산 클렌즈 주스래.

컵 홀더는 코바늘로 슬지 씨가 하나하나 밤 새워서 떴대."

'그래도 사회성이 아주 없는 건 아닌가 보네' 하는 생각과 함께 그럼 나도 사과를 해야 하나 싶었다. 일단 마시고 나중에 생각해야지 하는 마음으로 수많은 컵 중에 하나를 골라 마셨다. 쓴맛이 강해 역시 몸에 좋은 건 쓰구나 생각하며 자리에 돌아와 앉았다.

잠시 후 슬지가 와 직원들이 다 마신 일회용 컵을 거둬 탕비실에서 설거지를 했다. 아무 말 없이 꼼꼼히 설거지를 하더니 컵을 하나로 모아 재활용통에 넣고 오겠다며 나섰다.

'바로 문 앞에 모아두는 데 어디까지 가서 버리고 온다는 거야?'

궁금증이 들었지만 물어볼 상황이 아니었다. 아까부터 머리가 무겁고 토할 것처럼 어지럽고 속이 메슥거렸다. 속을 게워 내려고 화장실로 향하는 복도를 걷다 쓰러졌다. 다행히 대표가 쓰러지는 날 업고 차에 태워 바로 병원으로 갈 수 있었다.

위세척을 마치고 담당 의사의 설명을 들었다. 그는 황당하게도 내가 제초제를 음용해 위험한 상황이었다고 말했다.

'오늘 마신 건 클렌즈 주스밖에 없는데, 제초제 음용이라니…'

등골이 오싹했다. 니는 병가를 내고 일주일간 머릿속을 정리하며 쉬다가 복귀했다.

　사건 당일, 병원에 다녀온 대표가 경찰에 신고해 수사를 일주일간 진행했지만 진전은 없는 것 같았다. 유일한 증거인 플라스틱 컵은 없었고, 찾는다고 해도 슬지가 깨끗이 설거지했기 때문에 클렌즈 주스든 제초제든 어떤 성분이 발견될 리 없었다. 복귀 전날, 대표는 전화를 걸어 슬지가 자진 퇴사했으니 걱정 말고 복귀해도 된다고 전했다.

　내가 회사에 도착하자마자 모두들 크게 안 다쳐서 다행이라며 몸 잘 회복하라고 한마디씩을 건넸다. 나는 불안한 마음에 슬지가 갑작스럽게 퇴사하던 당시의 정황이 궁금해져 민국에게 물었다.

　"글쎄요, 갑자기 사직서를 출력해서 제출하고는 짐도 다 놔두고 가방만 챙겨서 나가버렸어요. 조금 놀란 건, 사직서 내기 5분 전에 갑자기 '아아, 난 진짜 좋아했는데 그녀는 날 예뻐해 주지 않았어!'라고 크게 말한 일 정도였어요."

　내가 곰곰이 생각에 잠겨 있자 옆에 있던 누군가가 말을 받았다.

　"근데 슬지 씨가 '그녀는'이라고 하지 않고 '그년은'이라고 하지 않았나?"

　그러자 다들 지금 그게 중요하냐면서 소란스러워졌다. 나는 슬지가 범인이라는 가정하에 내가 어떻게 그 많은 주스들 중에서 제초제가 든 주스를 골랐을까 짚어보았다. 나는 무작위 범죄가 아니라 나를 겨냥한 거라고 확신하고 있었다. 내 자리로 천천히 걸어가 앉아 방금 뜨거운 물을 담아 온 텀블러 밑부분을 잡으려다 너무 뜨거워 무의식적으로 손을 떼었다. 감쌀 만한 게 없나 책상을 둘러보다 슬지가 직접 손으로 떴다는 컵 홀더가 눈에 보였다. 찜찜하지만 컵 홀더가 무슨 죄가 있나, 저거라도 써야지 싶어 손을 뻗다 멈칫했다. 그 컵 홀더는 온통 분홍색 일색으로 꾸며놓은 내 책상에 완전히 녹아들어 있었다.

그 순간, 비 오던 날 민국과 슬지가 나눈 대화가 재생되면서 모든 게 이해가 가기 시작했다. 슬지가 클렌즈 주스를 사서 모두에게 나누었던 그날, 주스 컵에 씌워놓은 컵 홀더 중 오직 하나만 분홍색이었고 나머지는 다 파란색이었다.

나는 책상 위의 분홍색 컵홀더를 집어 내 옆의 분홍색 쓰레기통에 버리면서 생각했다. 경찰에서 조사 중이라고는 했으나 아무런 진전이 없는 상황에서 괜히 일을 크게 만든다면 분명 지금과는 비교도 안 될 큰일이 날 거라고. 그때는 슬지가 정말로 나를 '그년은'이라고 부르며 무슨 일을 저지를지 몰랐다. 슬지도 떠나간 마당에 더 이상 일을 크게 만들기가 겁이 난 나는 평생 함구하기로 다짐했다. 그러고는 숨을 한번 크게 들이쉰

다음 내쉬고는 아무렇지도 않은 척 분홍색 키보드 위에 손을 올려 업무를 시작했다. 물론 그다음 날부터 분홍색은 쳐다보지도 않으며 살고 있다.

전기장판 이야기

오랜만에 나간 친구들과의 모임이었다. 왠지 모를 어색함 속에 나는 대화 내내 머리카락만 계속 만지고 있었다. 내 어색함을 눈치 못 챘는지 친구 하나가 즐겁다는 듯이 외쳤다.

"아무튼 대학 사총사, 우리 정말 오랜만에 만나서 기분 째진다! 야야, 근데 나 화장실 좀 갔다 올게!"

그 옆의 친구가 자기도 화장실 같이 가자며 일어났고 둘은 또각또각 하이힐 소리를 내며 화장실 쪽으로 멀어졌다. 테이블에는 마주 보고 앉은 수희와 나 둘뿐이었고 분위기는 한층 더 어색해졌다. 수희가 나에게 어색함을 감추려는 듯 말을 걸었다.

"아무튼 은하야. 너는 회사 안 다녀서 내 마음 몰라. 회사 생활 정말 힘들다?"

"나도 예전에 회사 생활 해봐서 알지, 뭐."

"그건 옛날 일이고 지금은 백수니까. 백수 된 지 꽤 되지 않았어? 아, 나도 백수 하고 싶다."

"아… 아하하. 근데 너 얼마 전에 대리 달았다고 했잖아. 오늘 모인 것도 그거 축하하려고…"

"대리 되면 책임도 늘어나고 완전 별로. 돈 벌려고 참는 것도 힘들고 백수인 네 인생이 훨씬 낫지, 뭐."

"그래, 나도 화장실 좀 갔다 올게."

나는 딱딱하게 굳은 표정으로 대답하고는 불에 덴 듯 화끈거리는 마음으로 화장실을 향해 도망치듯 바삐 걸음을 옮겼다. 비어 있는 칸에 들어가자 옆에선 볼일을 다 봤는지 문 열리는 소리가 연이어 들리더니 또각또각 하이힐 소리가 겹쳐서 들렸다. 잠시 후 세면대 쪽에서 말소리가 두런두런 들리기 시작했다.

"근데 은하 술 좋아하잖아. 왜 밥만 먹고 와인 바 안 간대?"

"안 가는 게 아니라 비용 부담되어서 못 가는 거 아닐까?"

"웬일이야! 수중에 술 좀 마실 돈도 없대?"

"은하 회사 꾸준히 못 다니고 금방 그만두고 백수 생활 길게 하고 그러잖아. 글 쓴다고 하면서."

"하긴, 맞아. 아까도 밥 먹으면서 은하가 자기는 계속 글 쓰

겠다고, 작가 될 거라고 할 때 내가 다 창피하더라. 대학생 때
는 멋져 보였는데 지금까지 저러고 있는 거 보면…. 아직 이뤄
놓은 거 하나 없으면서 뜬구름 잡는 소리만 하니까 그냥 자기
만의 세계에 갇혀서 못 나오는가 보다 싶어."

익숙한 목소리의 정체가 앞서 화장실로 간 내 친구들이라는
걸 깨닫고 입을 틀어막았다. 앞에선 티를 내지 않아서 저렇게
생각하는지 전혀 몰랐다. 나는 멍한 머리를 부여잡고 테이블로
돌아가 급한 일이 생겨 먼저 일어나겠다고 하고 가방을 챙겨서
나왔다.

지하철을 타고 집에 가면서 친구들을 속으로 아무리 욕해봤
자 소용없었다. 반박하고 싶어도 반박할 말이 없었다. 나보다
늦게 졸업한 애들도 사회에 나와 자리를 잡을 동안 나는 글을
써 성공하겠다며 돈이 필요할 때만 이 회사, 저 회사 발만 살짝
담갔다 빼고 있었다. 스물여덟이라는 나이가 많은 건 아니지
만, 사회에서 자리를 잡았으면 곧 가정을 꾸릴 준비를 할 수도
있는 나이였다. 나는 집에 오자마자 구인 사이트를 보고 여기
저기 이력서를 넣었다. 그리고 한 고객 센터의 세일즈 파트에
서 상담사로 일을 시작하게 되었다.

상담사 일은 난생 처음이라 서툴고 모르는 게 많았다. 바로

뒷자리에 앉은 신홍 대리와 정화 대리에게 자주 질문을 했지만, 둘은 언제나 나에게 뭐 하나 친절하게 가르쳐주는 법이 없었다. 오늘도 일을 하다 막히는 부분이 생겼다. 서식지를 봐야 하는데 혼자 해결해 보려 해도 도통 어떻게 해야 할지 알 수가 없었다. 물어보기가 죽기보다 싫었지만 어쩔 수 없이 나는 주춤주춤 가서 정화 대리가 상담 중이 아니라는 것을 확인하고 말을 걸었다.

"저, 정화 대리님. 바쁘세요? 제가 서식지 보는 법을 몰라서요."

"은하야, 제발 모른다는 소리 좀 하지 마. 나 애 '모르겠어요' 소리에 신경증 걸리겠어, 오빠."

옆에 있던 신홍 대리가 한마디 거들면서 비꼬듯이 나에게 말했다.

"서식지 보는 법을 왜 몰라? 쟤는 한 번 말해주면 몰라. 두 번 말해줘도 몰라. 세 번 말해주면 그때 조금 알아. 그런 애야 쟤는."

신홍 대리는 내게 서식지 보는 법을 알려준 적이 없었다. 어이도 없고, 밉살스러운 표정에 너무 화가 났지만 참을 수밖에 없었다. 아무 말 없이 마음을 가다듬고 있자 정화 대리가 답답했는지 내 자리로 와 방법을 알려주었다.

"여기에 들이가. 그런 디음에 여기 서식지 버튼 있지? 이걸

클릭해."

"정화야, 혼도 좀 내가면서 알려줘. 너무 친절하게 알려주지 말고. 그리고 은하 씨. 정화가 자기 시간 내서 알려주는데 감사하다고 인사 안 해?"

"오빠 미안한테 쟤 나한테 감사하다고 했어."

정화 대리의 말에 신홍 대리가 팔짱을 끼면서 말했다.

"내가 못 들었으니까 무효야. 다시 해."

어련하겠냐는 생각이 들었지만 나는 다시 한번 감사하다고 말할 수밖에 없었다. 그날도 힘든 하루를 버티고 퇴근 후 집에 도착하자 반려견 루루가 나를 반겼다. 나는 루루를 껴안으면서 무너진 마음을 추스르고 내일 다시 출근할 힘을 끌어 모았다.

다음 날도 어김없이 뒷자리의 대화가 내 귓속을 파고들었다. 정화 대리가 헤드셋을 집어 던지면서 말했다.

"오빠, 아 짜증나."

"왜 그래 우리 아기!"

"이 고객 진짜 짜증난다. 지가 바쁘면 얼마나 바쁘다고 빨리 처리 안 한다고 난리야."

고객 험담으로 시작한 잡담이 쓸데없는 주제로까지 이어지는 데는 오래 걸리지 않았다.

"아 참, 오빠 나 오늘 반차야."

수다에 정신을 빼앗기지 않으려 애쓰는데 정화 대리의 말이 귓속에 박혔다. 다행히도 오후 시간은 저 조잘거림을 듣지 않아도 된다는 소리였다. 운 좋은 하루라고 생각하며 업무에 집중했고 시간이 되자 정화 대리가 짐을 싸서 퇴근했다. 뒷자리가 하도 시끄러워서 집중이 안 되었는데 조용해지니 나도 이제 내 일에 집중해야겠다는 생각이 들었다. 고객 조회를 하고 통화 버튼을 눌러 상담을 시작했다. 역시 운 좋은 하루가 될 모양인지 내 업셀링 제안에 고객이 밝은 목소리로 답했다.

"잘됐다! 제가 마침 데이터 별로 없어서 불편했는데 데이터 무제한 요금제로 바꿀게요."

"그러세요, 고객님? 그럼 제가 변경 위해서 필수 안내 사항 읽어드리겠습니다. '슈퍼문 에센스 요금제'는 원래는 8만 원 요금제이나 고객님께서는 약정 할인 2만 원과 결합 할인 2만 원을 받아 4만 원에 이용하시는 겁니다. 유무선 음성 무제한, 문자 무제한…"

필수 안내를 다 읽고 요금제 변경 처리를 마친 뒤 전화를 끊자 신홍 대리가 말을 걸었다.

"은하 씨, '필수 안내 읽어드리겠습니다'라고 말하지 마. 고객한테는 '고객님, 제가 정리해 드릴게요'라고만 해."

도대체 '정리해 드릴게요'라는 말하고 '읽어드리겠습니다'라는 말이 얼마나 다르다고 이렇게까지 깐깐하게 통제하는지 알수 없었다. 상한 기분을 다스리는 사이 다음 고객이 연결되었다.

"네, 고객님 요금제 변경 도와드릴까요? 본인 인증 진행하겠습니다. 생년월일 말씀해 주시겠습니까? 네, 1994년 3월 30일 확인했습니다. 고객님, 필수 안내 읽어드리겠습니다."

내 말이 끝나자마자 뒤에서 수런수런한 말소리가 들려왔다. 헤드셋을 귀에 댄 채 살짝 뒤돌아보니 신홍 대리가 옆자리 아영 대리에게 내 욕을 하고 있었다.

"은하 쟤 왜 저래? 아까부터 자꾸 읽어드린대. 내가 저렇게 하면 안 된다고 했거든? 근데 또 저러네. 쟤 진짜 왜 저래?"

너무 당황스러웠지만 우선 상담은 끝내야 했으므로 정신 똑바로 차리고 통화를 끝낸 다음 의자를 돌려 신홍 대리에게 말을 걸었다.

"신홍 대리님. 크게 문제되지 않는 선에서는 제가 알아서 해도 될까요? 제 입에 익숙한 어휘가 있어서요."

"야, 너 여기서 일하고 싶지 않은가 봐?"

"물론 가르쳐주시는 건 감사하지만 문제되지 않는 선에서는 제가 편한 방향이…."

신홍 대리가 내 말을 자르고 윽박질렀다.

"너 이럴 거면 그냥 나가! 그리고 내가 너 필수 안내 천천히 읽으라고 했어, 안 했어?"

"필수 안내는 그전보다 천천히 읽고 있…."

"야, 거짓말 치지 마. 무슨 필수 안내를 천천히 읽어? 은하 씨, 녹음 다시 듣고 다시 얘기합시다."

"네, 알겠습니다."

나는 녹음을 듣기 위해 의자를 돌려 마우스를 잡았다. 그러 자 신홍 대리가 어이없다는 듯 언성을 더 높였다.

"너 지금 뭐 해? 내 말 아직 안 끝났어. 녹음 들었는데 여전 히 빠르면 어쩔 건데? 어?"

"그땐 제가 진심으로 사과드리고요, 우선 녹음부터 들을게 요. 신홍 대리님."

말을 마치고 의자를 돌려 모니터를 봤다. 태연한 척 마우스 를 클릭했지만 실상은 심장이 빠르게 뛰고 머리끝까지 피가 몰 리는 기분이었다. 직장에서 이 정도로 신경질적인 말투를 쓰는 사람은 인터넷 커뮤니티 같은 데서 말만 들었지 직접 겪는 건 처음이었다. 그리고 고객에게 '읽어드린다'라고 하는 거나 '정 리해 드린다'라고 하는 거나 의미만 전달되면 됐지, 그게 그렇 게 중요한가 싶었다.

상황은 정리했지만 도무지 이해가 안 가 일이 손에 잡히지 않 았다. 고민을 하다 사내 메신저를 켜 팀장에게 질문을 던졌다.

-한은하: 팀장님, 바쁘신데 죄송하지만 여쭤볼 게 있습니다. 읽어드리겠다는 표현을 고객에게 쓰면 안 되나요?

객관적인 확인을 위해 녹음도 들어보았다.

'아⋯ 이건 인정할 수밖에 없다.'

녹음 속 나는 필수 안내를 누가 봐도 빠른 속도로 읽고 있었다. 아까 약속했던 것처럼 진심으로 사과를 해야 하는 상황이 된 것이다. 심호흡을 하고 메신저를 확인했지만 팀장에게서 답장은 없었다. 혹시나 해 상태 표시를 확인하니 자리 비움으로 되어 있었다. 이미 팀장에게 메시지를 보내놓은 상황이므로 질문에 대한 답을 들은 뒤 나름 생각을 정리하고 사과하러 가야겠다는 생각이 들었다. 팀장 자리로 찾아가 기다리고 있자 복귀한 팀장이 놀란 목소리로 물었다.

"은하야! 여기 왜 있어?"

"저 뭐 여쭤볼 게 있어서요."

"응, 뭔데?"

팀장이 다정한 목소리로 묻자 나는 안심이 되어 횡설수설 떨리는 목소리로 말을 꺼냈다.

"고객한테 필수 안내 읽어줄 때 읽어드리겠다는 표현을 써서는 안 되나요?"

"우선 읽어드리겠다는 어휘는 우리 관점의 단어라서 고객에게는 쓰지 않는 게 좋지."

"아… 알겠습니다."

"이거 때문에 온 거야? 나는 세일즈 부서장님이 불러서 갔다 왔는데 은하가 여기 앉아 있어서 깜짝 놀랐어."

"아, 그게 저는 이렇게 생각했어요. 고객도 요금제 바꿀 때 들어야 하는 필수 안내가 있다는 건 상식적으로 알고 있잖아요? 그래서 정리해 준다고 하면 듣다가 무슨 정리를 이렇게 길게 할까 답답할 수 있으니까 필수 안내 읽어드리겠다고 했어요. 안내 사항이라는 걸 알면 '그런가 보다' 하고 끝까지 들어줄 테니까요."

"아, 은하가 그게 걱정되면 '고객님, 꼭 알고 계셔야 하는 사항 정리해서 안내드릴 테니까 끝까지 잘 들어주세요'라고 하면 되겠다."

"아, 정말 그러면 되겠네요."

고민하던 부분에 답을 얻어 편해진 마음으로 살짝 미소 지었다. 그러나 곧 신홍 대리와 마주해야 할 생각을 하니 가슴이 답답해져 눈물이 흘러 나왔다. 팀장이 놀란 목소리로 물었다.

"왜 그래? 왜 울어?"

"근데 신홍 대리님… 원래 후배들한테 이렇게 심하게 혼내시나요?"

"신홍 님? 신홍 님도 그전에는 후배라고 부를 사람이 딱히 없어서. 왜? 신홍 님한테 혼났어? 그 '정리해 드리겠습니다' 대신에 '읽어드리겠습니다'라고 했다고?"

말없이 눈물을 흘리는 나를 팀장이 안타까워하는 게 보였다. 물론 회사에서 우는 행동은 어른스러운 행동이 아니지만 눈물은 쉴 새 없이 흘렀다. 이럴 때는 시도 때도 없이 눈시울이 붉어지는 내가 미웠다. 팀장이 황급히 티슈를 뽑아서 나에게 건넸고 내 어깨를 두드리면서 이렇게 말했다.

"내가 신홍 님하고 한번 얘기해 볼게."

팀장의 다독임을 받고 자리로 오자 감정이 진정되고 신홍 대리에게 진심으로 사과해야겠다는 생각이 들었다. 바보 같지만 얼굴을 마주하고 사과하면 또 눈물이 쏟아질 것 같아서 메신저를 켜 한 글자, 한 글자를 눌렀다.

-한은하: 신홍 대리님, 제가 아까는 죄송했습니다. 녹음 들어봤는데 여전히 빠른 거 확인했습니다. 혹시 제 태도 때문에 감정 상하셨으면 넓은 마음으로 이해해 주시면 정말 감사하겠습니다. 그리고 팀장님과 상담하고 나서 읽어드린다는 표현 쓰지 않기로 했습니다. 제가 꼭 고치도록 하겠습니다. 좋은 하루 보내세요.

-오신홍: 은하 씨, 뭐 하는 거야? 내가 코칭한 걸 왜 팀장님과 상담하고 와서 고친다는 거지? 지금 이 문제에 팀장님이 왜 들어가?

　-한은하: 이번 일로 상급자에게 의견을 구하고, 또 감정적으로 힘들기도 해서 상담을 받고 싶었습니다.

　-오신홍: 은하 씨는 앞뒤도, 위아래도 없고, 지금 보니 업무 프로세스 다 깨고 멋대로 하는 사람이네?

　-한은하: 팀 내에서 일어난 일이니 팀장님이 아셔야 하는 일이라고 생각했어요.

　-오신홍: 미안해할 거 없고 계속 그렇게 사시길. 그리고 누구 손해인지는 나중에 직접 보세요. 그간 더 잘하라고 신경 쓰고, 조언해 줬던 시간이 너무 아깝네요.

　메신저 답변을 보자 힘이 쭉 빠졌다. 내 딴에는 진심으로 건넨 사과인데 보기 좋게 쳐내어진 것이다. 잠시 후 신홍 대리가 의자에서 일어나 팀장 자리로 걸어갔다. 일이 잘 풀려 별일이 없기를 바라며 숨을 골랐다. 신홍 대리는 한참 후에나 돌아왔다. 별말 없이 제자리로 복귀해 일하는 걸 보고 있자니 괜히 오버했나 하는 생각이 들었다.

　'내가 너무 심했나. 내일 서로 감정이 많이 진정되면 다시 한번 사과 드려볼까? 다시 사과를 쳐내시려나?'

이런저런 걱정에 더 말도 걸지 못하고 시간은 흘러 그냥 집으로 돌아왔다. 침대에 엎드려 곰곰 생각해 봤다. 태도야 어쨌든 나를 챙겨주려는 마음으로 알려주다가 싸움이 된 건데 내가 숙이고 들어가야 하는 게 맞겠다는 생각이 들어, 내일 아침에 출근하면 꼭 용기를 내어 사과해야겠다 다짐하며 잠이 들었다.

다음 날, 신흥 대리가 오자마자 나는 할 말을 고르기 시작했다. 그런데 말을 걸 타이밍을 재기도 전에 정화 대리가 신흥 대리에게 건네는 말이 귀에 들어왔다.

"오빠하고 쟤하고 어제 무슨 일이 있었다면서. 아영이가 그러던데."

"야, 말도 마, 완전 미친년이야."

설마 저 미친년이라는 표현이 나를 지칭하는 건가? 나는 '미친년' 소리가 내 등에 닿자 불에 닿은 듯 화끈거렸다. 신흥 대리가 이어서 말했다.

"지가 뭘 모르는지도 모르고, 뭘 아는지도 모르는 애가 자기만 옳다고 지랄이지."

바로 뒷자리에 있는 사람한테 저런 욕을 한다고? 너무 섬뜩하고 당황스러운 나머지 모든 생각이 정지되었다. 신흥 대리와 정화 대리는 뒷자리에 있는 내가 듣든 말든 상관하지 않고 킬

킬거리며 계속 험담을 했다.

"9시요!"

누군가의 업무 시간을 알리는 소리가 들려오자 그제야 험담은 멈췄고 대신 뒤에서는 거세게 키보드 두드리는 소리가 났다. 아마 메신저로 내 욕을 이어가는 중인 것 같았다.

'그냥 불쌍한 사람이라고 생각하자. 남는 건 열등감하고 악밖에 없는 사람이라고. 성격이 못되고 마음이 좁아서 후배들을 이끌 줄을 모르니까 만년 대리겠지.'

더 이상 신경 쓰지 않으려 마음을 추스르며 애써 그렇게 생각했다. 언젠가 무심코 보게 된 팀원들 사번이 생각났기 때문이다. 사번은 입사 연도로 시작되는데, 팀장과 신홍 대리 모두 '13'으로 시작되는 사번이었다. 둘 다 같은 해에 사원으로 입사했다는 뜻이었다. 원래 고객 센터는 상담사가 주를 이루고 있고, 관리자 T/O가 많지 않았지만 비슷하게 입사한 두 사람 중는데 한 명은 팀장이 되고, 한 명은 아직까지 대리라는 건 이런저런 생각을 불러일으켰다. 더군다나 신홍 대리는 팀장보다 나이도 더 많았다.

'만년 대리.'

그 생각을 하자 화들짝 놀랐다. 이제 겨우 마음 다잡고 회사에 들어온 내가 대리를 욕하고 있는 건가. 신홍 대리기 열심히 했는데도 무언가가 뜻대로 풀리지 않아서 이렇게 된 건지 모르고, '만년 대리'가 내 미래가 될지도 모르는데. 무엇보다 내가 이렇게 생각하는 걸 만약 당사자가 알게 된다면 크게 상처를 받을 터였다. 못된 생각 하지 말자고 스스로 마음을 다잡고 다시 업무를 시작하기 위해 고객에게 전화를 걸었다.

"네, 고객님. 지금 데이터 사용하실 때 5기가바이트 넘으면 속도 제한 걸리잖아요. 많이 불편하셨을 텐데 데이터 무제한 요금제로 바꿔보시는 건 어떠세요? 데이터 무제한 요금제는 월 8만 원인데 할인이…."

"쟤 상담…."

뒷자리에서 갑자기 수근거리는 소리가 들려왔다. 분명 나를 다시금 험담하는 소리가 뻔했다. 고객이 무슨 말을 했지만 헤드셋으로 들려오는 고객의 말에 집중하지 못하고 심장이 빠르게 뛰었다. 나는 차분하게 다시 물었다.

"고객님, 죄송한데 다시 한번만 말씀해 주시겠습니까?"

뒤에서 그것 보라며 낄낄거리는 오신홍의 목소리가 들려왔다. 신경 쓰지 않으려고 해도 내 정신력은 그렇게 강하지 못하다는 것을 인정해야 했다. 나는 오신홍이 쳐놓은 거미줄에 감긴 잠자리였다.

"모두 고생하셨습니다!"

여기저기서 고생했다는 퇴근 인사가 들려왔다. 드디어 힘들었던 업무가 끝나 주섬주섬 짐을 싸서 밖으로 나왔다. 퇴근길, 횡단보도에 서서 신호를 기다리는 사람들의 표정은 밝아 보였지만 나는 어딘가 가서 실컷 울고만 싶었다. 하지만 해야 할 일이 있었다. 생계와 현실을 생각해 취업했지만 아직 소설을 쓰겠다는 꿈을 포기한 건 아니었다. 그래서 입사하고 지금까지 하루도 빠지지 않고 퇴근 후 짬짬이 시간을 내 소설을 쓰고 있었다.

매일 가는 카페에 앉아 노트북을 켜고 빈 화면에 커서가 깜빡이는 것을 보고 있었다. 오신홍이 자꾸만 떠올라 원래 써보려 생각했던 이야기에 집중할 수가 없었다. 한참을 고민하던 나는 문득 떠오른 생각에 마음을 다잡았다.

'이렇게 된 이상 오신홍 이야기를 한번 써보자!'

쉬어가는 타임으로 오신홍 이야기를 풀어내 보기로 했다. 마음을 굳게 먹고 키보드에 손을 올린 나는 처음에는 주춤했지만 이내 신나서 글을 쓰기 시작했다. 오신홍이라는 실제 인물을 바탕으로 글을 쓰니 생동감 있고 아이디어가 마구 떠올랐다.

마음에 무겁게 얹혀 있던 사람의 이야기를 신나게 쓴 탓일까, 다음 날 출근길 발걸음이 조금은 가벼워졌다. 출근길 버스에는 사람이 가득했고 회사 입구는 출근하는 회사원들로 북적거렸다.

'이 사람들도 이런저런 일 다 겪으면서도 꾸역꾸역 출근하는데 나는 또 왜 도망칠 생각만 했을까. 마음 굳게 먹고 열심히 다니자.'

사무실로 들어서며 심호흡을 한번 했다. 그깟 마찰 때문에 또 도망칠 수는 없었다.

그러나 힘차게 문을 열고 들어갈 때의 다짐도 잠시, 나는 또 지옥 같은 상황을 마주해 절망에 빠졌다. 내가 전화 상담을 할 때마다 뒤에서 수군거리고 킥킥대는 비웃음이 들려 일에 집중하기가 힘들어 버벅대며 실수를 했고, 그때마다 웃음소리는 더욱 커졌다. 키보드라도 타다닥 두드리는 소리가 나면 또 내 험담을 하나 싶어서 움츠러들었다. 온 신경이 뒷자리를 향해 있다 보니 별별 대화가 들렸는데, 그중에는 업무 시간에 할 만한 게 아닌 신변잡기적인 이야기도 섞여 있었다.

"정화야, 나 전기장판 새로 사야 하는데 너 뭐 아는 제품 없어?"

"전기장판은 갑자기 왜?"

"지금 쓰는 게 오래되어서 혼자 꺼져. 별로 따뜻하지도 않고. 그리고 선이 긴 게 있으면 좋을 텐데. 침대 있는 쪽 벽에 콘센

트가 없고 맞은편 벽에 있거든."

"어, 그러면 너무 불편하겠다. 멀티탭으로 연결해 쓰고 있
어?"

"응. 그래서 원룸 한가운데를 멀티탭이랑 전기장판 코드가
가로질러."

"오빠 원룸에 살았나? 혼자?"

"저번에 얘기했잖아, 호이랑 산다고. 또 까먹었니?"

"맞아, 강아지랑 산댔지?"

신홍 대리가 이번에는 주제를 바꿔 본인 반려견 이야기를 시
작했다. 역시 별 쓸데없는 내용이었다. 호이는 수컷인데 늘 산
책을 데리고 나가면 영역 표시를 한다고 다른 개들의 흔적이
있는 곳에 자신도 오줌을 눈다는 것이었다. 이어서 같이 사는
가족이 호이밖에 없어서 외롭다는, 별 영양가 없는 이야기까지
듣고 있으려니 귀를 틀어막고 싶었다.

"오빠 혼자 사는구나. 혼자 살면 어때? 외롭지 않아?"

"나한테 왜 이렇게 관심이 많아? 나도 너처럼 좋은 여자 만
나면 결혼해서 살고 싶지. 며칠 전에 내가 뭐까지 했는지 알
아? 결혼 정보 회사에 가입해서 결혼 가능성 테스트까지 했다
니까. 뭐, 그거 하면 에어컨이나 그런 경품 준다고 해서 한 거
긴 해. 오해는 하지 말구."

어쨌든 내 욕이 아니라 일상적인 대화라 안심이 되면서도 그런 스스로가 웃기고 한심해 한숨을 쉬었다. 고객 센터에서 일하면 진상 고객들 때문에 스트레스를 받는다는데, 나는 동료 직원 때문에 하루가 다르게 기가 빨렸다. 정해진 기한이라도 있는 일이면 꾹 참아보겠지만, 언제까지 미움받으며 눈치를 봐야 하는지조차 알 수 없었다. 시간이 좀 더 지나면 나에 대한 신홍 대리의 감정도 사그라들 것이고, 그때 기회를 봐서 한 번 더 사과를 건네볼 생각이었다.

퇴근 후, 여느 때처럼 카페에 가 노트북을 켰다. 오신홍이 등장하는 글은 꽤나 진도가 빨랐다. 글쓰기에 자신감이 붙는 것 같아 안심되기도 했다.

'오신홍이 나를 괴롭히는 장면까지는 썼는데, 어떤 결말로 끝을 내지?'

한참 고민해 봐도 생각이 나지 않았다. 그때 회사 벽에 붙은 포스터가 생각났다. '직장 내 괴롭힘, 당신의 탓이 아닙니다'라고 쓰인 직장 내 괴롭힘 방지법에 대한 포스터였다. 좋은 결말이 생각났다.

'내가 휴대폰 녹음을 하루 종일 켜고 있는 거지. 일하면서 내 욕이 들릴 때마다 녹음하고, 그 파일을 근거로 직장 내 괴롭힘 신고를 하면 되겠지?

하지만 소설의 결말이 단순히 증거 수집과 신고만으로 끝나기에는 극적인 요소가 부족했다. 조금 더 통쾌하고 재미있어야 했다. 그때 세일즈 부서장이 생각났다. 평소 오신홍은 사무실에서 공공연히 팀장보다도 직급이 높은 세일즈 부서장을 김철수라는 본명으로 부르며 험담을 하곤 했다.

"김철수는 일은 별로 안 하면서 많이 하는 척만 해."

"김철수 예전에 부서장 말고 팀장이었을 때 인사과 강사랑하고 사귀고, 자기네 팀 팀원이랑도 사귀었잖아. 어린 여자 킬러야, 킬러."

"아, 김철수 코로나 걸려서 죽었으면 좋겠다."

오신홍은 이런 말들로 세일즈 부서장을 욕하고 다녔다. 그 생각이 나자 좋은 결말이 떠올랐다. 글의 주인공이 세일즈 부서장을 욕하는 오신홍에게 맞서며 그 싸움을 녹음하여 세일즈 부서장에게 그대로 건네는 것이다.

더 통쾌하고 깔끔한 결말 같았다. 이런 스토리에 대한 아이디어를 종이에 끄적이곤 했는데 오늘따라 가방에 업무 다이어리밖에 없었다. 중간을 펼쳐 빈곳에 간단하게 메모해 두었다.

한 가지 걸리는 건, 오신홍의 캐릭터가 너무 현실성이 없다는 것이었다. 때로 소설보다 현실이 더 소설 같다고, 어느 회사

원이 높은 직급의 상사를 오신홍처럼 공개적인 장소에서 욕하 겠는가. 실제 오신홍이 그렇게 한다 해도 소설 속 인물이 그러 면 현실성이 없다고 받아들일 것이다. 곰곰 생각하다 인물 서 사를 추가해 개연성을 확보하면 될 것 같아 메모를 추가했다.

오신홍 대리: 팀장님과 같은 연도에 입사하여 본인보다 어린 팀장 님이 팀장 될 동안 만년 대리로 남음. 이에 열등감이 심하고 승진 을 포기한 사람처럼 윗사람 눈에 들려는 노력을 전혀 하지 않음.

또박또박한 글씨로 캐릭터까지 구축하니 글 쓰는 게 더 이상 두렵지 않았다.

일은 다음 날 일어났다.

오전 조회를 마칠 때쯤 갑자기 화재 알람이 울렸다. 밖이 웅 성웅성 거리고 발걸음 소리가 어지럽게 났다.

"불이요!"

밖에서 누군가 외치는 소리에 화들짝 놀라서 팀원들은 모두 앞다투어 회의실 밖으로 나갔다. 진짜 화재가 났나 싶어 걱정 하는데 다행히 누군가 실수로 비상벨을 잘못 누른 거라는 방송 이 나왔다. 나는 안도의 한숨을 쉬며 회의실로 들어가 회사에서 나눠준 파란색 업무 다이어리를 집어 내 자리로 왔다. 다른 팀원들도 하나둘씩 회의실로 들어와서 펜과 필통, 업무 다이어리를 들고 자리로 돌아갔다.

한참 업무를 하다가 전산 처리 방식이 기억나지 않아서 한참을 고민하다가 적어놓았던 것을 보려고 업무 다이어리를 펼쳤다. 다이어리 안을 본 순간 온몸에 소름이 끼쳤다. 업무 다이어리에는 낯선 글씨체로 가득했다. 내지 가장 앞부분을 보자 익숙한 이름이 쓰여 있었다.

오신홍

나는 질겁하여 뒤돌아봤다. 오신홍의 자리와 정화 대리, 아영 대리의 자리까지 모두 비어 있었다. 잠시 후 나타난 오신홍에게 나는 아무 해명도 하지 못했다. 원래 날 밉게 보던 그가 허락도 받지 않고 소설 소재로 그의 이름과 신상정보를 가져다 쓴 데다 심지어 '만년 대리'라고 낮잡아본 걸 용서할 리 없었다. 오신홍은 자리에 들고 있던 소지품을 내려놓더니 내 책상에 업무 다이어리를 던졌다. 나는 눈도 못 마주치고 고개를 떨굴 수밖에 없었다. 그 이후 팀은 물론 사내에도 나에 대한 소문이 돌아 공공연한 따돌림이 시작되었다.

고객을 응대하다 보면 뒷자리에서 대놓고 비아냥거리는 소리가 들렸고, 그 소리에 내가 잠시 주춤거리다가 고객이 변심하거나 전화를 끊는 경우가 빈번해졌다. 괴롭힘은 점점 더 노골적으로 변했고, 내가 생각해도 나는 정상적인 업무를 해나가지 못하고 있었다.

인사를 해도 받아주는 사람이 없는 지경에 이르자 업무 중에 모르는 게 있어도 물어볼 수 없었다. 혼자 해결해 보려 애쓰다 실수를 해 모두의 앞에서 호되게 혼나는 일은 다반사였다. 너무나 수치스럽고 억울했다. 나도 다른 신입들처럼 사수와 허물없이 지내며 잘 배웠으면 이러지 않았을 텐데. 매일 퇴근하고 카페에 가서 소설을 쓰는 대신 회사 화장실에서 숨죽여 눈물을 흘리는 날들이 반복됐다. 우울증인가 싶을 정도로 모든 일에 의욕이 나지 않았고, 부정적인 생각들이 머릿속을 떠나지 않았다.

버텨보자고, 여기서 포기할 수는 없다고 되뇌며 퇴근하던 어느 날이었다. 퇴근길 인도를 걷다가 차도에 쌩쌩 달리고 있던 차들을 멍하게 보았다. 모든 게 무감각해지고 기운이 빠졌다. 나도 모르게 발을 들였다.

빠앙.

차 경적에 놀라서 얼른 인도로 피한 나는 어안이 벙벙했다.

내가 지금 무슨 짓을 한 걸까? 오신홍한테 미친년 소리를 너무 많이 듣다 보니까 정말 미쳤나 싶어서 놀란 마음을 부여잡고 숨을 몰아쉬었다. 요즘 나는 위험했다. 정말 위험했다.

"우웩."

또 헛구역질이 시작되었다. 나는 인도 구석으로 들어가서 구역질을 했다. 아직 저녁을 먹지 못해서 위액만 나오고 있었다. 회사 일로 내 안에 가득 쌓인 억울함과 서글픔도 함께 토해냈다.

'회사를 그만두자.'

이대로는 안 된다. 그만두는 것밖에는 방법이 없었다. 이제 와서 하는 사과를 받아줄 리도 없었고, 온갖 괴롭힘을 당한 지금 사과를 하고 싶지도 않았다. 직장 내 괴롭힘으로 신고할까도 생각했지만 내가 쓴 다이어리를 오신홍이 본 게 마음에 걸렸다. 그 일을 걸고넘어질 것이고, 그러면 일이 원치 않는 방향으로 불거질 게 뻔해 보였다.

고민에 고민을 거듭하던 끝에 내 눈에 띈 것이 있었다. 길거리에 의자 하나 갖다 놓고 앉아 있는 젊은 여자였는데 앞에는 '사주, 타로, 점 봐드립니다'라고 쓰여 있었다. 나는 지푸라기라도 잡는 심정으로 그 의자에 앉았다. 그 여자가 나를 물끄러미 보며 말했다.

"내 이름은 강슬지. 복채는 5만 원이고 선불이에요."

"복채 여기요. 직업운 볼게요. 지금 이직하고 싶은데 저 이직할 수 있을까요? 어디로 가는 게 좋을까요?"

"그냥 그 회사 다녀요."

"아니, 이직할 만한 이유가 있어서 말씀 드리는 거잖아요."

"그럼 생년월일 말해봐요."

너무 성의가 없는 듯해 일어날까 했지만 이미 복채를 내민 후였기 때문에 돈값만 해달라는 마음으로 생년월일을 말해주었다. 여자는 내 말을 듣더니 갑자기 갖고 있던 책을 펴 좔좔 읽어주기 시작했다.

"천칭자리인 당신. 당신은 언제나 열정 가득하게 삶을 사시는군요. 열정적인 당신답게 원하는 일을 척척 이루어내고는 합니다. 행운의 색깔은 레드, 행운목은 느티나무…"

"아니 잠시만요, 뭐 하세요?"

기가 막혀 묻자 여자는 오히려 나를 이상하다는 듯이 빤히 바라보았다. 그렇지 않아도 힘들어 죽겠는데 이런 데서도 이상한 사람을 만난 것 같아 온몸에 힘이 빠졌다. 주저앉아 울고 싶어져 가방을 챙겨 일어나며 외쳤다.

"저기요, 인생 그 따위로 살지 마세요."

"왜요, 더 듣지 않고. 필요한 게 이런 말이 아니면… 혹시 회사에 죽이고 싶은 사람 있어요? 그런 거면 내가 필요할지도 모르는데."

뒤돌아 걸음을 옮기려는데 '죽이고 싶은 사람'이라는 말이 귀에 꽂혔다. 나는 홀린 듯 다시 의자에 앉아 나도 모르게 하소연을 시작했다. 오신홍이 그간 했던 말과 행동, 회사 사람들의 은근한 따돌림, 그로 인한 노이로제 때문에 오신홍이 자신의 반려견 호이의 이야기를 하는 것처럼 잡다한 대화도 다 내 욕을 하는 것처럼 들려 죽을 것 같다고.

유일한 삶의 희망은 반려견 루루밖에 없다는, 회사 생활과 관련 없는 말까지 꺼내고 나자 좀 정신이 들었다. 나는 죄송하다고, 이야기를 들어주어 고맙다고 말하며 지갑에서 5만 원을 한 장 더 꺼내 내밀었다. 이렇게라도 속마음을 털어놓으니 좀 살 것 같았다. 내가 이야기를 하는 내내 표정 없던 여자의 얼굴이 돈을 보고 묘하게 밝아졌다. 그러고는 무언가를 중얼거리기 시작했다.

"우선 회사 전산망을 이용해서 그 남자의 집 주소를 알아내요. 그리고 편의점에 가서 택배를 보내겠다고 하고 택배 스티커를 한 장 받아요."

"네? 그게 무슨 말이에요?"

"잘 찾아보면 공중전화들이 아직 있어요. 공중전화에 가서 그 남자에게 전화를 걸어요. 결혼 정보 회사인데 지난번 참여

한 이벤트에 당첨되었다고. 전기장판을 보내주겠다고 해요."

도통 무슨 이야기를 하는지 이해할 수가 없었다. 지금 내 얘기를 하는 게 맞는지 의심스러워하는 중에 이어지는 여자의 말을 듣고 소름이 돋았다.

"이게 중요해요. 전기장판을 포장해서 택배 스티커를 붙여 남자 집 앞에 두어야 하는데, 그전에 전기장판 코드 끝에 루루의 오줌을 묻혀 말려요."

나는 거기까지 듣고 끌어안고 있던 가방을 들고 일어나 빠른 걸음으로 도망쳐 나왔다. 사람을 죽이는 방법을 알려주겠다는 여자의 말은 진심이었다.

머리로는 여자의 말을 더 생각하고 싶지 않았지만, 머릿속에선 어떤 영상 같은 게 재생되고 있었다.

루루의 오줌을 코드 끝에 묻혀 말린 전기장판. 평소 다른 개가 오줌을 싼 자리에 꼭 영역 표시를 한다던 호이. 호이는 루루의 냄새를 자신의 냄새로 덮기 위해 오줌을 쌀 것이다. 오신홍은 분명 멀티탭이 원룸 바닥을 가로지른다고 했으니 그가 잠든 밤중에 화재가 나는 건 불 보듯 뻔했다.

고민하던 난 그 여자가 알려준 방법을 그대로 이용했다. 화재 원인이 개 오줌이니 방화가 아닌 화재 사고로 처리될 게 당연했다. 거듭해서 생각해 봐도 훌륭하고 깔끔한 복수 방법이었다.

몇 달 후, 회사를 그만둔 나는 '직장 상사 살인 사건'이라는 제목의 소설로 한국에서 손꼽히는 소설 공모전에 당선되었다. 오래된 꿈이 막 시작되려는 참이었다. 나에게 쥐어진 행운은 어쩌면 당연한 걸지도 몰랐다. 여자를 만나 선택의 기로에 섰던 그날, 내면에서 들끓는 악의를 느끼면서도 내가 선택한 건 복수가 아니라 꿈이었으니.

그네 귀신 이야기

오늘도 일을 마치고 퇴근한 저녁이었다.

일곱 살짜리 조카 지영이 누나와 실랑이하고 있었다. 누나가
지영의 입 앞에 숟가락을 대며 애원했지만 지영은 굳게 다문 입
을 열지 않았다. 누나가 지영의 입을 억지로 벌려서 밥을 밀어
넣으려고 하자 지영이 빽빽 울면서 누나의 손가락을 물었다.

"악! 지영아!"

누나가 소리 질렀고 나는 얼른 지영을 안아 떼어냈다. 손가
락을 감싸 쥐는 누나 앞에서 지영은 눈물범벅이 된 얼굴로 씩
씩거리며 입안의 음식물을 퉤 뱉었다. 누나는 물린 손가락보다
음식물을 뱉는 모습에 결국 울음을 터트리며 말했다.

"제발! 밥 좀 먹어!"

지영은 이틀째 아무것도 먹지 않고 있었다. 도무지 이유를 알수 없어 오늘 소아정신과에 다녀온다고 했었는데 여전한 걸 보니 별다른 처방은 없었던 게 아닐까 걱정이 됐다. 잠시 후 울다 지쳐 잠든 지영을 침대에 눕히고 나온 누나에게 어땠는지 물어 보니 지영은 병원에서도 아무 말을 하지 않았다고 한다. 의사는 지영이 크게 충격을 받은 일이 있거나 우울증일 거라고 했다. 급하게 입을 열게 하지 말고 아이 마음을 열어야 한다고 했다.

매형의 말에 따르면 누나는 의사 앞에서 한참을 엉엉 울었다고 한다. 이렇게 되기까지 아이에게 어떤 일이 있었는지 본인은 하나도 몰랐다고, 그러면서 밥 먹으라고 소리만 질렀다고 스스로를 원망하면서. 겨우 진정시키고 나서 지영이 먹을 안정 제 등의 약을 처방받고, 링거도 맞고 왔다고 했다.

"엄마 이건 밥 아니지? 약이니까. 그렇지?"

다음 날, 지영은 정신과 약을 삼키면서도 누나에게 다짐받듯이 물었다. 알약을 못 먹는 지영을 위해 알약을 칼 손잡이로 잘게 빻아 가루약으로 만들면서 누나는 힘없게 웃어 보이며 말했다.

"응, 이거 약이니까 먹어야 해. 이거 먹으면 괜찮아질 거야. 꼭 괜찮아질 거야."

지영이 잠들고 나와 누나와 매형은 거실에 모여 TV도 켜지 않은 채 아무 말 없이 앉아 있었다. 지영이 아무것도 못 먹은 게 오늘로 사흘째였다. 누나는 사흘째 잠도 자지 못하고 지영과 함께 아무것도 먹지 못했다. 나는 누나 앞에서 괜찮아질 거라는 말도 섣불리 나오지 않았다. 내가 조심스럽게 물었다.

"누나, 유치원에서 무슨 일이 있었던 건 아니야?"

"어제 병원 갔다 와서 유치원에 전화부터 걸었어. 무슨 일 있는 거 아니냐고 전화기 붙들고 유치원 원장하고 40분을 싸웠는데…. 싸우다가 울분이 터져서 유치원으로 슬리퍼 신고 달려갔어."

"그랬더니?"

"유치원 CCTV까지 빠짐없이 확인했어. 아동 학대가 있었을까 봐."

누나가 허탈하게 웃으며 말했다.

"없었어."

나는 답답한 마음에 지영의 방에 가서 아이를 흔들어 깨웠다. 지영은 졸린 눈을 비볐다. 맑은 흰자와 또렷한 검은자가 나를 응시했다. 내가 말했다.

"지영아. 정신 차려봐. 삼촌이 할 말이 있어."

"응….'

"삼촌은 언제나 지영이 편이야. 우리는 단짝이잖아. 어떤 말도 다 해도 돼. 엄마 아빠한테는 꼭 비밀로 할게. 정말이야, 약속."

나는 새끼손가락을 내밀면서 말했다. 배고프고 졸려 잔뜩 짜증이 난 지영이 칭얼거렸다.

"좀 가!"

"이진우! 기껏 약 먹고 자는 애를 왜 깨워!"

누나가 잠긴 목소리로 달려오며 소리쳤다. 나는 누나에게 잡혀 끌려 나오면서도 지영을 보며 외쳤다.

"정말 뭐든 말해도 돼! 괴롭히는 사람 삼촌이 다 혼내줄게!"

지영이 아무것도 먹지 않는 이유는 그날 밤에 밝혀졌다. 밤에 잠을 자고 있는데 울먹거리는 목소리가 들렸다. 지영이 와서 나를 흔들어 깨우며 말했다.

"삼촌… 나 아무것도 먹으면 안 되는데 뭐 먹고 말았어."

나는 비몽사몽간에 아이를 꼭 안아주며 말했다.

"밥 먹었어? 잘했어. 엄마가 먹여줬어?"

"아니. 내가 냉장고에서 꺼내서 뭐 먹었어. 나 어떡해?"

"그래? 잘했어. 뭐 먹었어?"

나는 잠이 덜 깬 채 아이가 이끄는 대로 냉장고로 가봤다. 냉장고 맨 밑 야채 저장 칸에 들어 있던 인스턴트 생우동이 작게 잇자국이 난 채로 가닥가닥 바닥에 떨어져 있었다. 밥솥과 반찬은 키가 안 닿아서 이걸 먹은 것 같았다. 눈물이 나려는 것을 꾹 참고 말했다.

"엄마 깨워서 밥을 먹어야지. 이거 끓이지도 않은 걸 먹었어? 삼촌이 밥 차려줄게."

지영이 울먹이면서 말했다.

"먹으면 안 되는데 너무 배고파서 나도 모르게 먹었어. 나 어떡해? 근데 이거 엄마 아빠한테는 비밀인데…."

나는 지영이 중요한 말을 꺼내려 한다는 것을 직감적으로 알았다. 지금 이 순간 잘 처신해야지 잘못 행동했다가는 지영이 영영 입을 닫아버릴지도 모른다는 생각마저 들었다. 정신을 퍼뜩 차리고 지영을 내 방으로 데려가 무슨 일이 있었는지 물었다.

"진짜 엄마, 아빠한테는 비밀인데…."

지영의 말에 새끼손가락을 걸며 말했다.

"절대 말 안 할게. 삼촌은 한 번 한 말은 꼭 지켜. 알지?"

지영이 눈물을 뚝뚝 흘리며 입을 열었다. 지영의 말을 다 듣고는 잠도 오지 않아 뜬 눈으로 밤을 새울 수밖에 없었다.

아침 일찍 회사에 병가를 낸 뒤 지영의 손을 잡고 놀이터로 나왔다. 벤치에 앉아 있는 젊은 여자가 보였다. 어젯밤 지영에게 들은 사람이 분명해 보였다. 다가가서 화를 눌러 참고 물었다.

"저기요, 내 조카 알죠? 그쪽이 내 조카한테 귀신 얘기를 했다고 들었어요. 그쪽이 귀신 볼 줄 안다면서, 그네 귀신이 내 조카한테 붙었다고, 5일 동안 아무것도 안 먹어야 배가 고파진 귀신이 떠난다고 말했다면서요."

"네, 맞아요."

"애가 진짜 그 말을 믿고 사흘 동안이나 밥을 먹지 못했어요."

"아, 그래요?"

"뭐요? 아니, 이봐요. 사흘 동안 이 조그만 애가 공포에 떨면서 밥을 못 먹었다고요!"

나도 모르게 악에 받쳐서 놀이터가 울리게 소리쳤다. 그 사람은 벤치에 앉아 미동 없이 나를 빤히 올려다보고 있을 뿐이었다. 돌아본 지영은 겁먹은 눈동자로 나를 올려다보고 있었다. 퍼뜩 지영이 걱정되어서 이성을 찾으려고 노력하며 말했다.

"애한테 또 뭐라고 했어요?"

"그네 귀신이 안 떠나고 붙어 있으면 일주일 내에 죽는다고요. 그래서 꼭 이번 주에 굶어야 한다고 했어요. 만약 그네 귀신에 대해 말하면 그날 밤에 너도, 그 얘기를 들은 사람도 죽을 거라고 했죠."

"진짜… 미쳤습니까? 애한테 무슨 말을…!"

이를 꽉 깨물었다. 초등학생 시절에도 빨간 마스크니 홍콩 할매 귀신이니 하는 괴담들이 무서워 어두운 곳에 못 들어가고 밤에 화장실도 못 갔는데, 고작 일곱 살인 지영은 얼마나 무서웠을까. 아무에게 말도 못 하고 생 우동면을 베어 먹고, 금기를 어겼다는 생각에 무서워 울먹이며 날 찾아온 심정을 생각하니 화가 치밀어 올랐다. 험한 말이 쏟아져 나올 것 같아 감정을 추스르는데 여자가 입을 열었다.

"쟤가 먼저 그네를 타고 있던 어떤 애를 밀어 넘어뜨렸어요."

"그렇다고 그딴 말을 하는 게 어른으로 할 짓입니까?"

"결론이 뭐예요?"

"결론이 뭐냐고 묻는 겁니까? 하… 우선 애한테 귀신은 없다고 말하세요."

"귀신 없어, 애야."

그 사람은 지영에게 아무 감정 없이 빈 목소리로 말했다. 나는 쭈그려 앉아 지영이에게 눈을 맞추며 말했다.

"지영아. 귀신 없어. 귀신 없다고. 저 사람도 귀신 없다잖아. 알았지? 밥 먹어도 돼."

지영은 오른쪽 그네를 손으로 가리키며 겁이 담긴 눈동자로 나에게 말했다.

"그런데 내가 귀신 봤어. 그네 하나가 혼자 움직였는데…. 밤에 9시에 나오라고 해서 나갔는데 한쪽 그네는 가만히 있고 저거만 끼익끼익 하면서…."

사흘 전 지영이 밤에 갑자기 없어진 적이 있었다. 누나와 매형은 안방에 있었고 나도 내 방에서 이어폰으로 노래를 듣고 있었다. 현관문이 열리는 것 같은 소리가 났지만 매형이 흡연하러 나가는 거라고 생각했고 누나와 매형은 내가 중요한 통화를 하러 나가는 거라고 생각했다. 알고 보니 지영이가 나간 거였다. 전자시계를 읽을 줄 아는 지영이 잠을 안 자고 있다가 그 여자가 말한 9시 정각에 아파트 앞 놀이터로 나간 것이다.

그때 지영이 사라진 걸 알고 놀라 뛰쳐나왔다가 놀이터에 혼자 멍하니 서 있는 걸 보고 가슴을 쓸어내렸다. 그런데 우리가 아이를 찾기 전에 이 여자를 만난 듯했다. 지영의 말에 의하면 여자가 그네 맞은편 벤치에 앉아 있었다고 한다. 가까이 가려던 지영은 오른쪽 그네가 혼자 움직이기 시작한 걸 보고 몸이 굳었다. 바람이 불지도 않았고, 그렇다 한들 둘 다 흔들려야 하는데 오른쪽 그네만 마치 누군가 타고 있는 듯 끼익끼익 소리를 내며 움직였다는 것이다.

"뭘 어떻게 한 겁니까?"

내 물음에 그 사람이 답했다.

"실이요. 실로 묶어서 그네 하나만 당겼어요."

"와 나⋯ 정말⋯. 제정신입니까?"

나시 쭈그려 앉아 지영에게 말했다.

"지영아, 잘 들어. 귀신이라는 건 없어. 삼촌은 걱정이 돼. 지영이가 나중에 커서 무서워할까 봐. 뭐가 무서운지 알아? 그네 귀신이 무서운 게 아니라 일곱 살짜리 애를 상대로 이런 거짓말을 하는 나쁜 어른이 있다는 거에 지영이가 상처받을까 봐."

지영에게 마음이 전해졌는지 밥을 먹어도 죽지 않는다는 사실 때문인지는 모르겠으나 눈물범벅인 조그만 얼굴을 연신 끄덕거렸다. 부드럽게 얼굴을 닦아주며 최대한 진심을 전하려고 노력하며 말했다.

"거짓말도 그냥 거짓말이 아니라 밤에 애를 놀이터로 불러내서 겁을 주는 어른이 있다는 게 삼촌은 너무 화가 나. 어린 애가 누구를 떠미는 것처럼 뭔가를 잘못 행동하면 상처를 주는 게 아니라 잘 알려줘야 해. 사람들과 살아가는 법을 아직 배우는 중인 거니까."

울부짖던 누나가 생각나 울컥해서 말했다.

"삼촌은 지영이한테… 이 일이 나중에라도 상처가 되지 않았으면 좋겠어. 삼촌이 무슨 말 하는지 알지?"

지영이 눈물을 닦으며 고개를 크게 끄덕였다. 쭈그려 앉아 있던 몸을 일으켜 여자를 바라봤다. 여자는 여전히 표정 변화 없는 얼굴로 나를 가만히 보고 있었다. 경찰에 신고하겠다고 하자 그 사람이 입을 열었다.

"귀신 이야기를 했다고 잡혀가는 사람은 없을걸요."

"당신 미쳤어? 내가 어떻게든 경찰에 넘길 거야."

"귀신 이야기는 범죄가 아닌데 폭언은 범죄예요."

"아… 씨, 돌겠네."

할 수 있는 게 딱히 생각나지 않아 누나와 지영에게 미안해졌다. 그래도 범인을 잡아서 속은 후련했다. 지영은 이제 그네 귀신 따위 없다는 걸 이해했으니 앞으로 밥을 잘 먹겠지. 누나와 매형도 한시름 놓을 것이다. 나는 여자를 향해 단호한 목소리로 말했다.

"다시는 내 조카 근처에 얼쩡거리지 마세요. 이 놀이터에 오지도 마세요. 다시 한번 내 조카한테 말이라도 걸었다가는 법이고 뭐고 가만 안 있습니다. 어디 사는 누구예요? 신분증 좀 봅시다."

"싫은데요."

"아니, 내 조카한테 또 어떤 짓 할지 내가 어떻게 압니까. 신분증 사진 하나만 찍어 갑시다."

"안 가져왔어요."

"하… 저기요. 그럼 전화번호는 뭡니까?"

묻는 말에 대답 없이 내 얼굴을 빤히 들여다보던 여자는 갑자기 일어나 빠른 걸음으로 사라져 버렸다. 잡으러 가려고 했지만 놀이터에 지영이 혼자 두고 갈 수 없어 주춤하다가 놓쳤다. 이 아파트 주민은 아닌 것 같았다. 빈 놀이터에 나와 지영만 덩그러니 남겨졌다. 지영의 손을 잡고 집으로 가자고 하자 지영이 말했다.

"그런데 아까 그 사람이 진짜 귀신 볼 수 있다고 했어."

"그거 실로 잡아당겼대."

"귀신이 어제 내 꿈에 진짜 나왔단 말이야."

나는 그 그네로 달려가서 짐짓 즐겁게 타면서 말했다.

"지영아 봐봐. 삼촌 이 그네 탔다. 이제 그네 귀신 삼촌한테 붙었다!"

지영이 배시시 웃었다. 웃는 아이를 보며 누나에게 이 일을 어떻게 말할지 생각하니 그저 막막했다.

여자의 이름은 강슬지였다. 이름을 알게 된 건 일주일 후 직장에서 재회했기 때문이다. 내가 일하는 분양 사무소에 놀이터에서 봤던 그 여자가 대리로 들어온 것이다. 분양 상담사라는 직업이 특별히 고스펙을 요구하는 직업은 아니고 직원은 많을수록 좋으니 먼저 면접 보겠다고 연락 온 그 사람을 뽑지 않을 이유가 팀장에겐 없었을 것이다. 절망적이게도 같은 회사, 같은 팀에서 '슬지 대리님'이라고 부르며 일을 해야 하는 상황이 펼쳐졌다. 전화번호도 이름도 이제 알지만 슬지 대리 말대로 귀신 이야기를 했다고 경찰에 신고할 수도 없는 일이었다.

"저 알죠?"

"누구세요?"

다가가서 말을 건네봤지만 황당하게도 처음 보는 사람처럼 대하는 슬지 대리를 두고 속이 답답해졌다. 그 상황을 보던 팀장이 한마디 했다.

"뭐예요, 진우 과장님? 슬지 대리한테 반했어요? 작업 거는 거야? 작업이든 뭐든 그만해요. 부담스러워하는 것 같은데."

억울했지만 어쩔 수 없었다. 슬지 대리는 잠시 후, 지나가면서 보니 슬지 대리는 옆에 앉은 재이 실장에게 문자를 대량으로 보낼 수 있는 사이트에 대한 설명을 듣고 있었다. 재이 실장의 노트북을 함께 들여다보는 모습을 보고 팀장이 한마디 거들었다.

"슬지 대리님도 노트북 가져오세요. 여기는 현장을 한두 달 단위로 옮기기 때문에 데스크톱 컴퓨터를 놔둘 수 없어서 다들 노트북으로 일해요. 노트북은 편하게 사무실에 두고 다니시면 되고."

슬지 대리는 뭔가를 생각하는 듯하더니 알겠다고 했다.

점심시간이 되어 다 같이 짜장면을 먹으러 갔을 때 슬지 대리와 같은 테이블에서 마주보게 되었다. 우연히 같이 앉게 된

게 아니라 의도적으로 내 앞에 앉았다는 느낌을 지울 수가 없었다. 체할 것 같은 기분이 들었다.

같은 테이블에 있던 재이 실장이 나에게 물었다.

"진우 과장님은 휴가 때 어디 가세요?"

"저는 친구들하고 휴가 날짜가 안 맞아서 그냥 집에서 쉬려고 합니다."

재이 실장이 이번에는 슬지 대리에게 휴가를 어디 가냐고 물었고 슬지 대리도 망설이다가 집에서 쉰다고 했다. 그 대답에 재이 실장님이 까르르 웃으며 말씀하셨다.

"그럼 진우 과장님이랑 슬지 대리님이랑 둘이 만나서 휴가 가면 되겠네."

다들 기분 좋게 웃는 와중에 슬지 대리가 재이 실장에게 입을 열었다.

"네, 좋아요."

"네? 좋다고요? 웬일이야. 과장님이 마음에 드시나 봐요. 그렇죠?"

화들짝 놀라 팔로 엑스를 그리며 말했다.

"아니요, 저는 좋지 않아요."

슬지 대리가 나를 노려봤지만 모른 척하며 밥을 먹었다. 갑자기 정적이 흐르자 싸해진 분위기에 다들 눈치 보며 바쁘게 수저만 움직였다. 슬지 대리가 입사한 지 일주일 정도 지난 어느 날, 아침에 출근하자마자 팀장이 나를 따로 옆쪽에 있는 회의실로 부르고는 조심스럽게 말을 꺼냈다.

"진우 과장님, 일이 갑자기 복잡하게 되었어요. 얼마 전에 진우 과장님이 계약을 따냈잖아요. 그런데 그 고객 재이 실장님이 관리하는 고객이었어요."

"네?"

"아, 일이 너무 복잡해졌는데. 우선 나는 진우 과장님 믿어요. 믿고…."

"그게 무슨 말씀이세요? 얼마 전에 ○○오피스텔 세 채 계약한 정서영 고객님 말씀이세요? 그 고객 저한테 먼저 여기 오피스텔 관심 있다고 직접 연락을 했는데…."

"네, 저는 진우 과장님 믿는데…."

팀장이 주저하다가 꺼낸 말은 다음과 같았다. 일주일 전쯤 재이 실장이 새 현장에 왔으니 관리 고객 300여 명에게 홍보 문자를 발송했다고 한다. 그런데 한 명도 문의 전화나 답장이 없어 참고 참다가 아무래도 이상해 직접 전화를 걸어 확인해 봤다고 한다. 그랬더니 한 고객이 의아해 하면서 이렇게 대답했다고 한다.

"무슨 소리야? 그거 오피스텔 문자 보고 내가 관심 있어서 바로 전화해서 계약까지 세 채 했는데."

알고 보니 그 사이트에 등록된 발신 번호가 내 번호로 바뀌어져 있었다는 것이다. 황당한 마음에 물었다.

"아이디랑 비밀번호가 있을 것 아닙니까?"

"재이 실장님 노트북에 아이디랑 비밀번호 자동 저장되어 있었어요. 사이트 들어가면 자동으로 로그인 되게요."

"아니, 잠시만요. 저는 아닙니다!"

"제가 재이 실장님하고 한번 얘기해 볼게요. 난 진우 과장님이 안 그랬다고 생각하는데 회사에 소문도 퍼지고 돈이 걸린 문제다 보니까 워낙에 민감해서."

"…잠깐, 그러면 계약 성공해서 제가 받을 수수료는 어떻게 되는 건가요? 500만 원씩 세 채니까 1500만 원인데요. 어찌 되었건 상담은 제가 했잖아요?"

"그런데… 진우 과장님 번호로 문자가 간 건 맞는데, 재이 실장님이 관리하던 고객이고 또 실장님 아이디에 진우 과장님 번호가 적혀 있던 거니까… 저도 여러모로 난처해요."

이번 현장은 판교에 위치한 오피스텔로 선 시공 후 분양하는 분양처였다. 선 시공 후 분양을 하는 현장은 처음 맡아보았는데 보통 분양이 끝나면 고객들 계약금과 중도금으로 건물이 올라가는 다른 분양처와는 달리 시행사가 갖고 있는 자본으로 건

물을 다 지은 후에 분양을 하는 개념이었다. 건물이 이미 올라갔기 때문에 신용 대출이 아니라 담보 대출로 들어가서 대출이 잘 나온다는 장점이 있었고 건물 CG를 보여주는 게 아니라 실제 건물을 보여주면서 브리핑하기 때문에 반응이 좋았다.

이제 막 지어진 이 오피스텔 1층에 홍보관과 분양 사무실이 있었는데, 아직 사무실에는 CCTV가 없었다. 나와 팀장은 슬지 대리가 아침 일찍 아무도 없는 사무실로 들어가는 복도의 CCTV 영상을 확보했지만 그것만으로는 그녀가 조작한 것이라 확신할 순 없었다. 팀장은 괜한 사람 의심하지 말자고 했다.

한 번에 세 채를 계약한 적은 직장 생활하는 동안 처음 있었는데 일이 더럽게 꼬여버렸다. 답답한 마음에 슬지 대리를 아무도 없는 곳으로 따로 불러내고 물었다.

"대리님이죠? 솔직히 말씀해 주세요."

"뭘 말이에요?"

"실장님 계정에 들어가서 전화번호 제 걸로 바꾸신 거요."

"아, 그거. 저도 소문 들었어요. 과장님 왜 그러셨어요?"

웃으며 태연하게 말하는 슬지 대리를 보자 확신이 들었다.

"저 아니에요. 대리님이 하신 거 맞잖아요. 왜 그러셨어요? 지영이 일로 뭐라고 한 것 때문이에요? 그건 대리님이 먼저 잘못…"

"왜 나랑 휴가 가는 거 싫다고 했어요? 그냥 집에 있을 거면서?"

"뭐라고요? 갑자기 그게 무슨…."

대뜸 내뱉는 말을 듣자 중국집에서 휴가에 대해 나누었던 대화가 생각났다. 설마 그때 싫다고 했던 것 때문에 이런 짓을 벌였다는 건가. 어이가 없어 말을 잇지 못하는 나에게 슬지 대리가 다시금 말을 꺼냈다.

"나랑 휴가 갈래요?"

"제가 미쳤습니까? 왜 대리님이랑 휴가를… 됐고, 대리님이 하셨다는 거죠? 솔직하게 말해줘요."

"아직 안 늦었어요. 지금이라도 같이 휴가 가겠다고 해요. 아니면… 또 벌받을지도 모르는데."

히죽 웃는 모습에 짜증이 치밀어 올라 큰 소리를 내려던 차에 '벌'이라는 단어가 귓가에 꽂혔다. 저 벌은 내가 받는 걸까, 지영이 받는 걸까. 머릿속이 복잡해 입을 열지 못하는 나를 두고 슬지 대리는 생각해 보라며 먼저 자리를 떠나버렸다.

결국 사흘 후, 슬지 대리와 단 둘이 강원도로 향했다. 이사 가지 않고, 법에 저촉되지 않게 지영을 지키면서 슬지를 피하는 방법을 생각해 내기 전까진 어쩔 수 없었다.

슬지 대리는 조수석에 앉아 차와 연결된 내 휴대폰으로 음악을 선곡해 들으며 흥얼거렸다. 그러고는 샌드위치를 만들어 왔다면서 건넸다. 샌드위치를 거절하고 슬지 대리가 거는 말도 모두 무시하고 앞만 보며 운전했다. 그럼에도 슬지 대리는 혼자 신나 있었다.

숙소로는 거실과 부엌이 있고 방이 두 개 딸린 펜션을 예약했다. 어디에도 나가지 않고 방 안에 혼자 틀어박혀 있을 생각이었다. 펜션에 도착하자마자 방에 들어가 문을 잠갔다. 조금 있다 슬지 대리가 노크를 했다.

"저 바빠요. 일해야 해요."

큰 소리로 대답하자 슬지 대리는 아무 말 없이 더 세게 문을 두드렸다. 어쩔 수 없이 문을 살짝 열어 말했다.

"뭡니까? 저 바빠요."

"들어가게 해줘요. 안 그러면 또 벌받을지도요?"

한숨을 쉬며 방으로 들여보내 주자 슬지 대리는 빙글거리며 방을 구경했다. 나는 절망적인 심정으로 물었다.

"어떻게 하면 나를 놔줄 겁니까?"

"나는 그냥 친하게 지내고 싶은 건데…."

"슬지 대리님 친구들이랑 친하게 지내시면 되잖아요. 저한테 이럴 게 아니라."

"난 친구가 한 명밖에 없는걸요."

한 명이라도 있다는 데 놀랐지만, 그 말을 듣자 살았다는 심정이 들어 얼른 휴대폰을 꺼내 내밀며 말했다.

"그 친구분 번호 좀 알려주세요. 제가 통화 한번만 하겠습니다."

"그 한 명이 진우 과장님이에요."

내 이름이 불리자 헛웃음이 터졌다. 못해먹겠다는 생각이 들어 차갑게 말했다.

"네? 장난해요? 여기까지 여행 와주었으니 됐죠? 정말 미안한데 내가 집에 일이 있어서 지금 가볼게요."

그러자 슬지 대리가 얼른 앞으로 튀어나와서 방문을 막고 말했다.

"내가 크게 잘못한 게 있어요? 조카한테 해준 것처럼 나도 다정하게 대해주면 안 돼요?"

"제가 왜 그래야 해요? 잘못한 일이 없어도 조카 대하듯 못합니다. 심지어 대리님은 두 번이나 저한테 잘못하셨고요. 참나, 사귀는 사이도 아닌데 다정은 무슨…."

슬지 대리의 눈동자가 떨렸다. 그녀는 상처받은 표정으로 말했다.

"그럼 사귀어요. 그리고 나랑 오늘 이 방에서 같이 자요."

입 밖으로 욕이 튀어나려는 걸 가까스로 참아냈다. 욕하지 말자고 되뇌며 순간 이곳을 뛰쳐나가 혼자 서울로 가버릴까도 생각했다. 하지만 이 사람은 누나의 집도 알고 지영의 얼굴도 안다. 이후에 지영이 '벌'을 받을 수도 있었다.

그리고 이쯤 되자 궁금해졌다. 대체 어떤 사람이고, 어떤 삶을 살아왔기에 잘 알지도 못하는 내게 다정하게 대해달라느니, 같이 밤을 보내자는 말을 하는 건지. 한참 망설이다 침대에 앉아서 옆자리를 두드리며 말했다.

"잠깐 여기 앉아보세요."

슬지 대리가 잠깐 눈치를 보더니 와서 앉았고 나는 손을 내밀었다. 슬지 대리가 망설이다 살며시 내 손을 잡았다. 손을 잡으니까 온기가 전해졌다. 그 온기에 나는 슬지 대리도 사람이라는 생각이 들었다. 무서운 그네 귀신같은 존재가 아니라 나보다 어리고, 서툰 사람.

"나랑 자고 싶다고 했지만 진심이 아닌 거 압니다. 상처받아서 자기 방어에서, 아니면 자존심 때문에 오기로 그렇게 말한 거겠죠. 하지만 그런 일은 그런 식으로 말하지 마세요. 나를 좋게 봐주는 것 같은데… 고마운 일이지만 전 슬지 대리님을 마주하는 게 힘들어요."

"지영이 때문에요?"

268

"네, 그것도 그렇고…."

"그럼 지영이만 없으면 괜찮아요?"

섬뜩한 마음에 깜짝 놀라서 말했다.

"아뇨, 아뇨. 그게 아니라… 제발 얘기하는데 장난치지 말고요!"

슬지 대리는 나를 빤히 바라보다가 말했다.

"나는 그냥 좋았어요. 과장님이 지영이에게 그때 해줬던 말이."

"무슨 말이요?"

"사람들과 사는 법을 배워가는 중이니까 모르면 상처를 주는 게 아니라 잘 알려줘야 한다고."

슬지 대리의 말은 스핑크스가 내는 수수께끼 같았다. 여기서 까딱 말 잘못하면 벗어나기 쉽지 않을 것 같다는 예감이 들었다.

'같이 다니면서 알려주기만 하면 되냐고 물으면 될까? 그러면 저 여자랑 계속 같이 다녀야 하는데? 아니, 지영이를 위해서라도 같이 다녀야 하는 게 맞나?

여러 가지 생각 때문에 고민하다가 손의 온기를 믿기로 하고 말했다.

"슬지 대리님 이전에 상처를 많이 받았었구나."

그 말에 슬지 대리의 손이 파르르 떨렸다. 나는 이어서 말했다.

"잘 모르고 서툰 마음에 실수를 한 건데, 사람들한테 그걸로 오해받으면 힘들죠. 오래 상처로 남기도 하고…. 힘들었겠어요."

슬지 대리가 그 말을 듣고 기분이 좋은지 배시시 웃었다. 그 웃음에 안심하며 진심을 꺼냈다.

"그런데 대리님, 대리님도 남들한테 상처 주고 다니면 똑같은 사람이 되는 거잖아요. 그러면 안 되는 거고요. 슬지 대리님 때문에 저는 물론이고 우리 가족이 다 상처받았어요. 특히 우리 누나가…."

누나 생각이 나자 감정이 복받쳐 목소리가 떨렸다. 한마디라도 더 했다가는 눈물이 흐를 것 같아서 말을 멈췄다. 슬지 대리가 고개를 떨어뜨리더니 이내 잡고 있던 손을 풀고 침대에서 일어나 방을 나갔다.

'아, 말이 통한 건가? 이제 끝났구나.'

이런 생각이 들자 온몸에 힘이 빠졌다. 내가 방에서 나가자 슬지 대리는 자기가 가져온 가방을 들고 신발을 신은 후 밖으로 나갔다. 창문 밖을 보자 차 앞에서 기다리고 있었다. 안심이 되어 가방을 들고 따라 나갔다. 마음이 편해지기도 했고 조금은 안쓰럽다는 생각이 들어 차를 타고 돌아오며 이런저런 말을 걸어봤지만 슬지 대리는 창밖만 볼 뿐 아무 대답이 없었다. 이내 말을 거는 것을 그만두고 내려달라는 곳에 차를 세우자 슬지 대리는 꾸벅 인사를 하더니 지하철을 타러 1번 출구 안으로 사라졌다.

그게 슬지 대리와 이런 식으로 만나는 마지막인 줄 알았지만 아니었다.

"좋은 아침입니다 모두들 안녕하십니까!"

다음 날, 나는 평소처럼 팀원들에게 인사하는 척하면서 미소 과장을 보고 인사를 건넸다. 미소 과장은 이름에 어울리는, 정말 미소가 정말 예쁜 사람이었고 나는 그런 미소 과장을 남몰래 짝사랑하고 있었다. 내가 인사를 건네면 미소 과장은 늘 밝게 웃으며 인사해 주었다. 티는 못 냈지만 매일 주고받는 이 인사가 요즘 내 삶의 활력소였다.

출근해 있던 슬지 대리가 보더니 나를 따로 불러 따지듯이 말했다.

"미소 과장님한테 관심 있어요?"

"제가 왜 그걸 말해야 하죠?"

"관심 없으면 다행이고요. 그럼 우리 단둘이 여행한 거 미소 과장님에게 말해도 돼요?"

"잠시만요, 그걸 왜 미소 과장님께 말하는 거죠?"

"왜요? 나랑 단둘이 여행하고, 우리 사귀자는 말까지 나왔잖아요?"

어제 말이 통했다고 생각했는데 아니었는지 슬지 대리가 하는 얼토당토않은 말을 듣자 머리가 아파왔다. 이런 내 마음을 알 리 없는 슬지 대리가 따져 물었다.

"설마 날 갖고 논 거예요?"

"그건… 지영이가 걱정되어서 어쩔 수 없었던 겁니다. 슬지 대리가 벌을 운운하며 협박했잖아요."

"아직 일어나지 않은 일에 대해서는 할 말 없어요."

"그전에 저한테 악의를 품고 번호 바꿔치기한 사건도 있고."

"번호를 바꾼 범인이 저라고 확신하세요? 증거는요? 사람들한테 과장님이 제가 범인이라고 했다고 말해도 괜찮은 거죠?"

"…저한테 도대체 뭘 원하시는 겁니까?"

"말했잖아요. 친하게 지내달라고. 미소 과장님보다 더요."

결국 원점이었다. 할 말을 잃고 서 있는 내게 슬지 대리는 놀이동산이니 남산이니 여기저기 데이트 명소를 대며 주말마다 만나자고 했다. 그건 절대 싫다고 거절하자 주눅 든 목소리로 내놓은 대안은 이것이었다.

"그럼 그네 귀신 놀이터에서라도 데이트해요."

더 상대하기 귀찮아서 대충 알겠다고 대답하자 순간 슬지 대리 눈에 감격이 스쳤다.

그날부터 슬지 대리는 주말을 제외하고는 매일같이 퇴근 후에 놀이터 그네에 앉아 내가 올 때까지 기다렸다. 아무리 싫어도 누군가가 나를 하염없이 기다리고 있다는 걸 알면서도 거실에 앉아 축구를 보고 있을 수는 없었다. 그렇게 하루하루 지나 놀이터 데이트를 한 지도 3개월이 흘렀다. 3개월 동안 거의 매일 보다 보니까 미운 정도 정이라고 나름 가까워진 듯했다.

그러다 보니 알게 된 사실인데 슬지 대리는 이상한 구석이 많았지만 귀엽고 엉뚱한 면도 있었다. 지영의 일에 대해 진지한 사과를 받았고, 지영을 위험에 빠트릴 의도는 없었다는 진심을 듣자 안 좋은 감정은 누그러졌다. 의식적으로 용서하려고 애쓰자 마주하는 게 더는 힘들지 않았다. 저녁마다 나란히 그네에 앉아 여러 가지 이야기를 나누며 웃음이 나올 때도 많았고, 시원한 여름밤에 캔 맥주 하나씩 들고 마신 일은 추억이라면 추억이 될 수도 있을 것 같았다. 하지만 미소 과장을 좋아하는 내 마음을 위해, 슬지 대리를 마주치면 무서워할 지영을 위해서라도 이 만남은 그만둬야 하는 게 맞았다.

어느 날, 나는 마음을 다잡고 대화를 시도했다.

"대리님, 솔직히 이 직장 내가 있어서 온 거 맞죠?"

"네, 맞아요."

"내가 어디에 다니는지 어떻게 알았어요?"

273

"그때 놀이터에서 처음 만났을 때, 모퉁이에 숨어서 과장님을 봤어요. 지영이 손을 잡고 103동 3, 4라인으로 들어가시더라고요. 엘리베이터가 올라가고 나서 보니 9층에 멈춰 있었어요. 과장님이 살고 계신 집은 103동 903호 아니면 904호라는 소리잖아요."

"계속 말씀해 보세요."

"그러고는 103동 주차장에 주차되어 있는 차를 하나하나 확인했어요. 앞 유리에 붙이는 동그란 입주자 스티커에 몇 동 몇 호에 사는지 적혀 있잖아요. 입주자 스티커에 103동 903호라고 적힌 검은 차와 103동 904호라고 적힌 흰 차를 찾아냈어요. 검은 차 입주자 스티커 밑에는 '잠시 주차합니다'라는 글과 휴대폰 번호가 쓰인 게 있었고, 흰 차 입주자 스티커 밑에는 전화번호판 대신 명함이 하나 있었어요. 이진우 분양 컨설턴트라고 이름이 쓰인."

차에 전화번호판 대신 명함을 놔둔 게 떠올라 아차 싶었다. 나는 조심스럽게 말을 꺼냈다.

"대리님, 우리 언제까지 만나야 할까요? 이제 그만 만나는 게 좋지 않겠습니까?"

"그럼 내일 미소 과장님은 벌받을지도 모르는데요?"

"지금 나랑 장난칩니꺼?"

"네, 농담 맞아요."

"그런 농담 좀 하지 마세요."

슬지 대리가 쓸쓸하게 웃었고 진심으로 걱정이 되어 말했다.

"근데 농담 코드가 정말 이상한 거 알고 계세요?"

"이상하다는 말은 평생에 걸쳐 들었어요."

"사람들하고 어울려보면서 사람들이 싫어할 만한 말을 안 하는 걸 학습해 보면 어떨까요?"

"사람들이 저를 싫어해요."

"대리님, 혹시 동물 좋아하세요?"

동물을 좋아한다고 하면 강아지라도 한 마리 키워보면서 정성과 애정을 쏟아붓는 연습을 해보라고 권할 참이었다.

"저는 쥐 좋아해요. 어릴 때부터 쥐를 좋아했어요."

"햄스터요?"

"햄스터 말고 꼬리가 긴 쥐요. 그냥 시골 쥐."

"특이하시네요. 보통 강아지를 좋아하는데, 왜 쥐예요?"

"개는 주인이 있어서 같이 놀면 혼나는데 쥐는 주인이 없어서 혼날 일이 없었거든요. 저는 쥐를 자주 가지고 놀곤 했어요."

"쥐를 갖고 놀았다고요? 또 무슨 말이 나올지 좀 걱정되는데… 한번 들어나 봅시다."

체념하고 들을 준비를 했다. 슬지 대리가 쥐를 만지듯 허공을 주물대면서 즐거운 표정으로 말했다.

"사람들은 보통 개미를 장난감처럼 갖고 놀지만 쥐가 더 재미있어요. 쥐는 눈도 있고 키약 하는 소리도 내거든요. 이빨로 물기도 하고, 버둥거리기도 하고요. 그리고 따뜻하고…."

"잠시만요, 설마 쥐를 잡아서… 칼 같은 걸로 해치기도 하고 그랬어요?"

불안한 마음에 묻자 슬지 대리는 아니라고 했다. 그냥 주물거리면서 논 모양이었다. 그것도 상상하니 속이 안 좋았지만 죽이고 노는 것보단 낫지 않나 싶어 안도의 한숨을 쉬는데 슬지 대리가 조용히 덧붙였다.

"돌로 찧었어요."

"네? …뭘요?"

"보통 머리를 생각하지만 다리부터 찧어야 해요. 망가진 다리로 필사적으로 걷는 모습이 얼마나 재미있는지 아세요? 그다음에는 나뭇가지로 눈을…."

"그만해요. 그만 들을래요."

"쥐가 키약 소리를 내면서…."

"항상 일부러 그러는 거죠? 사람들이 경악할 만한 이야기를 하는 거요."

말을 끊고 인상을 쓰며 묻자 슬지 대리는 말갛게 웃으며 그렇다고 대답했다.

"이유는요?"

"다른 방법은 모르거든요. 저는 사춘기를 잘 넘기지 못했어요. 아무도 제 말을 들어주지 않았거든요. 유예된 중2병이 진우 과장님을 만나 지금 발현된 거예요. 과장님은 유일하게 제 말을 들어주는 사람이니까."

"원래 이상하셨던 것 같은데요?"

"쥐를 갖고 노는 게 좋았어요. 평소에 소중함을 모르다가도 물에 빠지면 공기의 소중함을 알게 되듯이 쥐도 나랑 놀 때는 자기 것을 하나씩 빼앗아 가는 나를 소중히 여겼어요. 나는 쥐한테 말고는 한평생 소중한 사람인 적이 없었어요. 다들 너무 바쁘거나 날 싫어했어요."

"그런 건 소중한 사람인 게 아니에요. 어쨌거나 얘기 계속해봐요."

"그런데 왜 나에게 동물 좋아하냐고 물었어요?"

"제 말 오해 말고 들으세요. 대리님은 사랑을 잘 모르는 사람 같기도 해요. 그래서 강아지라도 한 마리 키우면서 애정을 주는 연습을 해보는 건 어떨까 했어요. 그런데 제 생각이 틀렸어요. 절대 키우지 마세요, 아셨죠?"

"내가 사랑을 모른다고 생각하겠지만 나는 사랑을 알아요.

그런데 과장님은 저를 떠날 생각만 해요."

슬지 대리의 목소리가 떨려왔다. 다음 말은 안 들어도 뻔했다.

"저는 과장님을 위해 자진해서 이렇게 갖고 놀 쥐가 되었는데, 제가 이렇게 마음 아파하는데, 과장님은 쥐를 가지고 논 것도 까먹고 밥 먹으러 뒤돌아서는 어린아이처럼 미련 없이 저를 버리려고 하시잖아요."

"대리님."

"저는 과장님을… 사랑해요."

슬지 대리는 사랑한다는 말을 끝으로 목 놓아 울기 시작했다. 그 마음을 아예 모르는 게 아니어서 마음 한쪽이 아려와 한숨을 쉬었다.

"과장님은 따뜻하고 좋은 분이에요. 내 말을 들어주고, 나를 편견 없이 봐주고."

"편견 많습니다. 아주 많아요."

슬지 대리의 입술이 파르르 떨렸다.

"과장님, 저랑 오늘 자요. 오늘은 진심이에요."

그 순간만큼은 예전의 일도 생각나지 않고 그냥 막무가내인 그녀가 안쓰러웠다. 그네에서 일어나 앉아 있는 슬지 대리를 일으켜 살짝 안아주었다. 내 품에 안긴 슬지 대리는 전에 잡았던 손만큼 따뜻한 온기를 품고 있었다. 자기가 내 앞에서 비둥

거리는 한 마리 쥐라니, 슬지 대리다운 사랑 고백이었다. 내 품에서 엉엉 우는 슬지 대리의 등을 손바닥으로 가만히 두드려주며 말을 꺼냈다.

"다음번에는 쥐가 되지 말고 차라리 상대방을 쥐로 만들어요. 그러면 최소한 이렇게 상처는 안 받을 거 아니에요?"

슬지 대리가 천천히 고개를 들고 눈물범벅이 된 얼굴로 고개를 끄덕였다. 그리고 나를 감싸고 있던 팔을 풀며 말했다.

"그동안 고마웠어요. 이제 정말 떠날게요. 다시는 나타날 일 없을 거예요."

슬지 대리는 눈물을 쓱쓱 닦고는 꾸벅 인사를 하고 떠났다.

다행히도 그게 슬지 대리와의 정말 마지막이었다. 나는 이후 회사 사람들과 좋은 관계를 회복하고 미소 과장과 연애를 시작했다.

그런데 아직 풀리지 않는 의문이 있다. 여행 갔을 때와 놀이터에서 마지막으로 나눈 대화는 거의 비슷했는데 무엇이 그녀로 하여금 나를 완전히 떠나게 만들었을까. 설마 스스로 쥐가 되지 말고 상대방을 쥐로 만들라는 내 말 때문에…? 한동안은 문득 이런 생각들이 떠올라 나는 애써 불안한 마음을 진정시키려 애써야 했지만 그런 기억도 점차 희미해졌다.

다시, 남학생 엄마의 이야기

　영원 같은 며칠이 지난 후, 밤에 아들에게서 전화가 왔다. 061로 시작되는 지역 번호였다. 나는 울부짖으며 도대체 어디냐고 물었고, 아들은 떨리는 목소리로 해남이라고 대답했다.

　"나 사감 선생님하고 같이 있어."

　"그 선생은 대체 뭐 하는 사람이야? 도망쳐 나온 거니? 너 엄마가 얼마나 걱정했는지 알아? 몸은 건강한 거야? 엄마가 당장 데리러 갈게. 지금 너 하나 찾겠다고 전국이 난리야! 방송에서도…."

　"엄마."

　이성을 잃고 속사포처럼 쏟아내는 내 말을 아들이 질렀다.

모든 걸 체념한 목소리였다.

"엄마, 미안해. 나 범죄자야."

"뭐라고?"

"사감 선생님이 날 납치한 게 아니라 내가 선생님을 납치한 거야. 나 선생님 사랑해. 선생님한테 나 안 따라오면 죽여버릴 거라고 협박했어. 일이 이렇게 커질지는 몰랐어. 전국으로 방송되는 뉴스에 나랑 선생님 얼굴 떠 있는 거 보고, 선생님을 범인 취급하는 거 보고… 결심했어. 그래서 전화한 거야. 미안해, 엄마."

그렇게 전화가 끊겼다. 눈앞이 깜깜해졌다. 통화를 녹취하던 경찰관의 새하얗게 질린 얼굴이 스쳐 지나가더니 천장이 보였다. 나는 눈을 감았다.

슬지 이야기

취조실에서 경찰과 마주 앉았다. 경찰은 조심스러운 태도로 나에게 힘들겠지만 남학생을 처음 만났을 때부터 마지막으로 보았을 때까지의 이야기를 해달라고 했다. 어렵지 않은 일이어서 차분히 대답했다. 이야기가 끝나고 경찰서 문을 나서서 버스 정류장으로 걸어갔다.

벌써 가을이 오고 있었다. 날씨가 쌀쌀하다. 날씨 때문인지 마음이 저려오는 것을 느끼며 걸었다. 그 애를 처음 만난 건 꼭 오늘처럼 날씨가 쌀쌀한 어느 봄날이었다.

ㄱ 애의 말간 얼굴을 처음 마주한 건 기숙사 옥싱에서였다.

기숙사 옥상은 기숙사 사감으로 일하고 있던 나의 아지트였다. 휴식 시간에 휴게실이나 사무실에서 다른 사람과 섞이고 싶지 않아서 아무도 오지 않는 옥상에서 혼자 쉬곤 했다.

평소처럼 옥상에 올라갔을 때 난간에 몸을 걸치고 아슬아슬한 자세로 아래를 내려다보고 있는 남학생이 보였다. 떨어지면 죽을까 재고 있는 사람처럼 가만히 아래를 내려다보고 있던 남학생. 그게 우리의 첫 만남이었다.

그 애는 공부를 잘한다는 아이들을 모아놓은 이 학교에서도 반에서 중간 정도 가는 성적에 말끔한 외모를 갖고 있었다. 성격은 유순하고 배려심이 깊었다. 하얀 피부나 분위기가 왠지 진우 과장을 떠올리게 해서 나는 마음이 갈 수밖에 없었다.

그리고 처음 만났던 순간부터 느꼈던 그 아이 안의 공허. 사회생활이나 다른 사람들과의 소통에 서툰 나지만 그 공허를 파고드는 건, 그래서 그 애의 어리고 어리석은 진심을 받아내는 건 쉬운 일이었다.

어느 날 그 애가 나를 좋아한다고 고백을 했다.

나는 그동안 나 자신이 아무것도 아닌 사람이라고 생각했다. 돈도 없고, 공부도 못해서 이름 없는 대학을 겨우 졸업했고, 취업하는 곳마다 적응을 못 하고 늘 이상한 소문에 도망치듯 그만둬야 했던 실패자. 이해받고 싶고 친해지고 싶었던 사람들은 모두 나를 괴물이라도 보듯 했다. 그에 반해 이 아이는 유복한 집안에서 태어나 공부도 잘해 외고에 다니고 있고, 존재만으로 반짝반짝 빛나 보였다. 열여덟 살에 어울리는 순수함이 있었고, 인생을 열심히 사는 사람의 열정 가득하고 맹목적인 태도가 있었다.

버스 정류장을 향해 걸으며 그동안 그 애가 밤 새워가며 공부한 날들을 생각했다. 자신의 미래에 대한 불안과 설렘으로 가득했을 새벽녘을 생각했다.

그 애의 부모님의 희생과 헌신에 대해서도 생각했다. 얼마나 많은 애정과 돈을 쏟아부었을까. 엄마, 아빠라는 소리 한번 들어보겠다고 열심히 말을 걸었을 그들의 입술을 생각했다. 가정을 책임지기 위해 견뎌야 했던 사회생활의 고됨과 그조차 기쁘게 느껴질 만큼 아들을 사랑하고 자랑스러워했던 그들을 생각했다.

내가 가져간 그 애의 순정과 동정을 생각했다. 무엇이든 원하는 바를 이룰 수도 있었던 그 애의 빛나는 가능성을 생각했다.

그 애를 스쳐 간 계절들, 나에게 잘 보이려고 아침마다 공들여 빗었을 머리도 생각했다.

그 애의 밝은 웃음소리를 떠올려본다.

그 애의 짓궂은 장난기를 떠올려본다.

그 애의 서러운 울음소리를 떠올려본다.

모두 다 내가 전 재산을 주어도, 무슨 짓을 해도 못 살 반짝 반짝 빛나는 보석이었다.

그리고 이제… 내 것이었다.

순간 벅차올라 눈에 눈물이 조금 맺혔다. 이렇게 소중하고 유일한 존재를 아무것도 아닌 내가 완전히 손에 넣었다는 기쁨이었다.

그 애가 밤중에 혼자 바다로 걸어 들어간 것은 명백히 자살이었다. 아무리 타살이라고 의심하려 해도 자살은 자살이었다. 나는 해남의 외진 민박집에서 그 애에게 술을 잔뜩 먹이고 말했다.

"이제 어떡할 거야? 방송 봤지? 나더러 납치범이래. 너도 좋아서 온 거잖아. 네가 좋아해서 온 거잖아. 그런데 사람들이 나만 나쁘대."

"미안해요, 누나. 나중에 올라가서 내가 다 말하면…."

"누가 그 말을 믿겠어? 사람들이 다 너처럼 멍청한 줄 알아? 너 때문이야. 너 때문에 난 죽을 거야. 나 혼자는 안 죽어. 알잖아, 난 너도 죽이고 너희 부모님도 죽일 거야."

그 애의 얼굴이 하얗게 질렸다. 이번에는 살살 달랬다. 두려움과 영웅 심리를 꾸준히 자극했다. 커져버린 일에 대한 책임과 대가를 치러야 한다는 두려움, 부모님이 자신 때문에 죽임을 당할 거라는 두려움, 어른들에 의해 심판받는 게 아닌 자기가 결자해지해야 한다는 치기 어린 영웅 심리. TV까지 나오고 스타 아닌 스타가 되었는데 남은 건 이미 손쓸 수 없이 커져버린 유명세에 맞는 극적인 결말뿐이라는 생각을 계속해서 말해주었다.

그러고는 떨고 있는 그 애에게 전화기를 내밀며 말했다.

"그래도 나는 알아. 우리는 사랑이야."

사랑이라는 말에 남자애는 고개를 들어 나를 봤다. 사랑은 지금 필요한 극적인 상황을 연출하기에 적절한 기제였고, 나는 지금 내게 필요한 사랑에 대해 말해주었다.

"사랑은 남들에게 증명하는 게 아니야. 우리만 서로 알고 있으면 돼. 남들은 필요 없어."

물론 바다에 혼자 걸어 들어갈 만큼 나를 사랑하지는 않는다는 것을 알고 있었다. 하지만 사랑 때문에 목숨을 바친다는 로맨티스트의 역할을 맡아주었으면 했다.

"넌 진짜 남자잖아. 진짜 남자는 어떤 비난을 받더라도 자기 여자를 지켜주는 거야. 알지? 사람들은 내가 너를 납치했대. 어른이라는 이유로 미성년자를 납치했다는 거야. 어른들은 너를 코흘리개 애기 취급하고 있어. 니 나한테 납치됐어?"

사랑하는 사람을 위해 모든 비난과 책임을 감수할 수 있는 사춘기 남학생의 낭만과 사회가 어릴 때부터 심어놓은 성적 고정관념을 이용했다.

그 애는 바다로 가기 직전 마지막으로 나에게 말했다.

"납치 아니야, 우리는 사랑이야. 누나, 이제 내 사랑을 믿어줘."

경찰서에서 나를 몇 번 더 부를 것이다. 방송국에서도 취재가 올 것이다. 방송국에서 취재가 오면 피해자처럼 울부짖으며 그 애를 천하의 몹쓸 놈으로 만들어버릴까. 통화 내용도 있으니까 충분히 가능했다. 그러면 그 애 부모님은 억장이 무너질 것이다. 왠지 남자애 부모님 생각을 하니 그러고 싶지는 않았다.

나는 그냥 빛나는 게 갖고 싶을 뿐이었다. 도의적 측면에서 방송국 취재는 거부해야겠다고 생각했다. 이것이 나의 배려였다. 내가 생각해도 괜찮은 방식 같았다.

나도 모르게 뿌듯해져서 버스에 올라타 창밖을 보며 싱긋 웃었다. 버스 창문에 비친 내 미소가 이제 그 애를 닮아 많이 예뻐졌다고 생각하면서. 앞으로 마음이 외롭고 공허할 때는 해남 바닷가에 찾아갈 생각이었다. 그 아이는 나를 절절히 사랑하는 그 순간에 멈춰 영원히 나를 기다리고 있을 것이다. 그 애가 부서진 바닷가는 언제나 반짝이고 있겠지.

소녀를 아는 사람들

2022년 12월 7일 초판 1쇄 발행

지은이 정서영
펴낸이 박시형, 최세현

책임편집 김혜정 **디자인** 임동렬
마케팅 양봉호, 양근모, 권금숙, 이주형 **온라인마케팅** 신하은, 정문희, 현나래
디지털콘텐츠 김명래, 최은정, 김혜정 **해외기획** 우정민, 배혜림
경영지원 홍성택, 이진영, 김현우, 강신우
펴낸곳 팩토리나인 **출판신고** 2006년 9월 25일 제406-2006-000210호
주소 서울시 마포구 월드컵북로 396 누리꿈스퀘어 비즈니스타워 18층
전화 02-6712-9800 **팩스** 02-6712-9810 **이메일** info@smpk.kr

ⓒ 정서영 (저작권자와 맺은 특약에 따라 검인을 생략합니다)
ISBN 979-11-6534-657-7 (03810)

쌤앤파커스(Sam&Parkers)는 독자 여러분의 책에 관한 아이디어와 원고 투고를 설레는 마음으로 기다리고 있습니다. 책으로 엮기를 원하는 아이디어가 있으신 분은 이메일 book@smpk.kr로 간단한 개요와 취지, 연락처 등을 보내주세요. 머뭇거리지 말고 문을 두드리세요. 길이 열립니다.